Die Küsse der Rebellin: Ein heißer historischer Liebesroman

Dana Elliott

Published by Dana Elliott, 2024.

This is a work of fiction. Similarities to real people, places, or events are entirely coincidental.

DIE KÜSSE DER REBELLIN: EIN HEISSER HISTORISCHER LIEBESROMAN

First edition. October 8, 2024.

Copyright © 2024 Dana Elliott.

ISBN: 979-8227053961

Written by Dana Elliott.

Inhaltsverzeichnis

Kapitel 1 1
Kapitel 2 5
Kapitel 3 9
Kapitel 4 15
Kapitel 5 19
Kapitel 6 25
Kapitel 7 29
Kapitel 8 33
Kapitel 9 37
Kapitel 10 41
Kapitel 11 47
Kapitel 12 51
Kapitel 13 55
Kapitel 14 59
Kapitel 15 63
Kapitel 16 71
Kapitel 17 75
Kapitel 18 79
Kapitel 19 83
Kapitel 20 87
Kapitel 21 91
Kapitel 22 95
Kapitel 23 99
Kapitel 24 103
Kapitel 25 107

Kapitel 1

Der Himmel über New York City im Jahr 2024 hatte offensichtlich beschlossen, das Drama neu zu definieren. An diesem Abend war nichts von dem sanften Regen zu spüren, den man sich bei einem romantischen Spaziergang wünschen würde. Nein, der Himmel öffnete alle Schleusen, als wäre die Stadt der Protagonist in einem schlechten Actionfilm, der dringend eine dramatische Wendung brauchte. Die Wolken, schwer und dunkel wie das samtene Bühnenvorhang eines alten Theaters, rollten tief über den Horizont und schienen sich regelrecht auf die Hochhäuser zu stürzen.

Ivory Richmond, die niemals – wirklich niemals – ohne Stil aus dem Haus ging, kämpfte sich durch die vom Regen überfluteten Straßen. Ihre Schuhe, perfekt für den Red Carpet, aber denkbar ungeeignet für diesen biblischen Platzregen, rutschten auf dem nassen Pflaster. Ihre Absätze klapperten auf dem Asphalt, während sie versuchte, einen halb zerrissenen Regenschirm vor sich zu halten, der aussah, als hätte er schon vor Jahren das Handtuch geworfen. „Das hat mir gerade noch gefehlt", murmelte sie, und ihre Stimme ging im Getöse des Regens unter.

Natürlich hätte sie ein Taxi nehmen können, aber New York war an solchen Abenden bekanntlich frei von freien Wagen. Und selbst wenn – mit ihren nassen Haaren und dem durchnässten Mantel hätte sie jedem Fahrer wie eine verrückte Katze ausgesehen. „Wirklich glamourös, Ivory", kommentierte sie sich selbst mit einem ironischen Lächeln, während sie sich an ihrem eigenen schiefen Schatten auf der nassen Straße vorbei schleppte. „Genau so stellt man sich eine Star-Journalistin in der High Society vor."

Ivory Richmond war nicht irgendeine Journalistin. Ihre Kolumne über die schillernden Kreise der New Yorker Elite war berüchtigt, sowohl gefürchtet als auch heiß geliebt. Sie kannte die Geheimnisse derer, die dachten, sie wären unantastbar. Sie kannte die kleinen, schmutzigen Details, die man gerne im

Dunkeln ließ, und sie wusste, wie man aus den flüchtigsten Andeutungen eine ganze Geschichte spinnt. Es war ein Spiel, und sie liebte es, die Fäden in der Hand zu halten. Doch an diesem Abend, durchtränkt bis auf die Knochen und auf der Suche nach einem trockenen Fleck, um sich kurz zu sammeln, wirkte der Glamour dieser Welt seltsam fern.

Der Regen prasselte unaufhörlich, ein ständiges Trommeln, das selbst den hartgesottensten New Yorker aus der Ruhe bringen konnte. Ivory dachte an die weichen Polster ihres Sofas, an das Glas Wein, das sie sich nach einem solchen Tag verdient hatte, und an die Wärmflasche, die auf sie wartete. Nur ein paar Blocks trennten sie von ihrem Apartment, und sie malte sich schon aus, wie sie den nassen Mantel achtlos auf den Boden werfen und die Heizung aufdrehen würde.

Doch bevor sie ihre Fantasien weiterführen konnte, durchzuckte ein Blitz den Himmel. Ein heller, blendender Strahl, der sich direkt vor ihr in den Asphalt bohrte. Es war so nahe, dass sie die Hitze spüren konnte, die er in der Luft hinterließ. Ein Donnerschlag folgte fast sofort, ein ohrenbetäubendes Knacken, das die Stadt zum Stillstand brachte. Ivory schrie auf, ihre Stimme ging im Getöse unter, und in der nächsten Sekunde gab der Boden unter ihr nach. Ihre Knie knickten ein, und sie stürzte, ohne genau zu wissen, wie ihr geschah.

Das Wasser klatschte ihr ins Gesicht, als sie auf dem Rücken auf dem kalten, nassen Asphalt landete. Der Regen über ihr schien plötzlich langsamer zu fallen, jeder Tropfen traf wie ein kleiner, kalter Stich ihre Haut. Sie blinzelte, doch die Dunkelheit, die sie umgab, war undurchdringlich. Ihr Kopf dröhnte, ihre Gedanken wirbelten durcheinander, als hätte jemand den Lautstärkeregler auf Maximum gedreht und dann plötzlich den Stecker gezogen. Sie war alleine – allein mit dem Regen, dem Sturm und diesem unheimlichen Summen, das der Blitz in ihren Ohren hinterlassen hatte.

Und dann, fast so plötzlich, wie es gekommen war, verschwand das Dröhnen. Eine gespenstische Stille breitete sich über der Straße aus. Die Stadt, die niemals schlief, schien für einen Moment innezuhalten, um den Atem anzuhalten. Die einzige Bewegung war der Regen, der noch immer unaufhörlich auf sie herabfiel und sich mit dem Rhythmus ihres Herzschlags vermischte.

„Das war's dann wohl, Ivory", murmelte sie sich zu und versuchte, sich aufzusetzen, doch ihre Glieder gehorchten ihr nicht. Ein Lächeln huschte über ihre Lippen, ein Hauch von Sarkasmus, wie es ihre Art war, selbst in solchen Momenten. „Gerade, wenn ich dachte, mein Leben könnte nicht noch dramatischer werden." Doch der Schmerz, der durch ihren Kopf schoss, ließ die Worte verhallen, und sie gab auf, ließ sich in die Dunkelheit fallen, die sich um sie legte wie ein schwerer Vorhang.

Was sie nicht wusste, war, dass dieser Moment der Anfang von etwas völlig Neuem war – dass die Blitzlichter der Kameras, die sie sonst umgaben, nichts waren im Vergleich zu dem Blitz, der sie in eine völlig andere Zeit und Welt katapultieren würde. Aber das Schicksal hielt seine Karten noch verdeckt, und alles, was Ivory im Moment spürte, war die klamme Kälte der nassen Straße und die trügerische Ruhe des Sturms.

Kapitel 2

Ivory öffnete die Augen und blinzelte gegen das sanfte Licht, das durch die schweren Vorhänge sickerte. Ihr Kopf schien wie in Watte gepackt, und für einen Moment glaubte sie, noch in einem Traum gefangen zu sein – einem dieser absurden Träume, bei denen man sich fragt, wie der eigene Verstand auf so seltsame Ideen kommt. Doch dann war da etwas. Etwas war anders. Ihr Körper fühlte sich... falsch an. Anders. Nicht wie ihr eigener.

Was zur Hölle...? Sie hob eine Hand, ließ sie vor ihrem Gesicht kreisen, und beobachtete sie, als wäre sie das erste Mal in ihrem Leben darauf gestoßen. Es war ihre Hand, aber irgendwie auch nicht. Schlanker, die Finger länger und graziler. Das war... beunruhigend. Und warum war hier alles so verdammt kalt? Hatte sie das Fenster offen gelassen? Sie schüttelte den Kopf, als könnte sie damit die Nebel in ihrem Hirn vertreiben, und setzte sich aufrecht hin.

„Wo... bin ich?", murmelte sie, ihre Stimme klang rau, und zu ihrer Überraschung... fremd. Sie tastete mit den Fingern über das Bett, fühlte den schweren, samtigen Stoff der Bettdecke und das kühle Laken darunter. Kein weiches Baumwollbezug, wie sie es gewohnt war, sondern etwas Schweres, Altmodisches. „Das ist nicht mein Bett." Die Worte kamen schneller, begleitet von einem Anflug von Panik.

Sie drehte den Kopf und ließ ihren Blick durch den Raum schweifen. Da waren schwere Holzschränke, ein alter, etwas abgenutzter Waschtisch mit einer Schüssel und einer Kanne – als ob sich jemand dachte, fließendes Wasser wäre völlig überbewertet. Die Vorhänge, die das Tageslicht abhielten, waren so dick und dunkel, dass sie fast wie Rüstungen wirkten, die den Raum vor der Außenwelt schützten. Alles hatte diesen merkwürdigen, muffigen Geruch, der an verstaubte Bibliotheken und Antiquitätenläden erinnerte.

Ivorys Herzschlag beschleunigte sich. Sie schob die Decke zur Seite, spürte das kühle Holz unter ihren Füßen, als sie langsam aufstand. Ihre Beine fühlten sich wackelig an, als hätten sie vergessen, wie man sich hält. „Oh, großartig. Jetzt auch noch Muskelversagen. Was auch immer dieser Traum mir sagen soll, ich habe es kapiert!"

Mit zitternden Schritten näherte sie sich dem Spiegel in der Ecke. Das war die Art Spiegel, die man sonst in Museen bewunderte – mit einem dicken, kunstvoll geschnitzten Rahmen, der die Spiegelfläche einfasste. „Wow, das Ding muss uralt sein...", murmelte sie, während sie sich vorbeugte, um ihr Spiegelbild zu betrachten. Doch als sie es sah, stockte ihr der Atem.

Im Spiegel sah sie eine junge Frau, vielleicht zwanzig Jahre alt, mit einem Gesicht, das ihr völlig unbekannt war. Große, runde Augen, die sie überrascht anstarrten, eine makellose Haut, die in einem zarten Rosa leuchtete, und Haar, das in eleganten Wellen zu einer kunstvollen, aber altmodischen Frisur drapiert war. Sie hob eine Hand, und die Frau im Spiegel tat dasselbe. Ihre Augen weiteten sich, als sie die Bewegung synchron erfasste. „Oh, verdammt, das bin ich."

Sie schluckte schwer und versuchte, ruhig zu atmen, aber jeder Atemzug fühlte sich an, als würde sie einen Anker verschlucken. Ihre Finger wanderten über ihr Gesicht, ertasteten die weichen Konturen, die Wangenknochen, die irgendwie spitzer waren, die Nase, die eine zartere Form hatte. Das hier war ihr Gesicht, und doch auch nicht. Ein fremdes Gesicht, aber mit ihren Gedanken dahinter.

„Okay, Ivory, konzentrier dich. Was hast du gestern Abend getrunken?", flüsterte sie hektisch und griff dabei mit beiden Händen in das Haar, das sich schwer und ungewohnt unter ihren Fingern anfühlte. „Ist das der ultimative Kater? Oder bin ich im Koma und träume das alles? Nein, nein, warte... Vielleicht bin ich einfach nur verrückt geworden?"

Doch bevor sie weiter über ihren mentalen Zustand nachdenken konnte, spürte sie, wie sich ihre Knie wieder in gefährliche Richtungen verabschiedeten. Sie griff hastig nach dem Schrank neben sich, um sich abzustützen, und stieß die Türen auf. Dahinter verbargen sich Reihen von Kleidern, aber nicht irgendeine Art von Kleidern. Das waren keine Jeans und T-Shirts, sondern voluminöse Kleider aus Seide und Spitze, Korsetts und Röcke, die wie kleine, private Gefängnisse wirkten. „Was zur Hölle ist das hier, eine Kleiderkammer für Historienfilme?" Sie zog ein Kleid hervor, ließ den schweren Stoff durch ihre Finger gleiten. Das fühlte sich echt an. Viel zu echt.

Ivory konnte den aufkommenden Schwindel nicht mehr unterdrücken. Sie ließ das Kleid fallen, schwankte zurück und landete unsanft auf einem Stuhl, der ebenso alt aussah wie der Rest des Zimmers. „Okay, Ivory. Denk nach. Du hast schon kniffligere Rätsel gelöst. Zum Beispiel, warum der Bürgermeister plötzlich so freundschaftlich mit diesem dubiosen Geschäftsmann wurde. Das hier ist... nur... ein kleines... Zeitreise-Problem?"

Ihre Gedanken rasten, aber keiner von ihnen ergab auch nur annähernd Sinn. Ihre Augen flogen durch den Raum, als ob eine versteckte Kamera oder ein Hinweis auftauchen könnte, der ihr verriet, dass das alles nur ein elaborater Streich war. Doch die Realität ließ sich nicht so leicht wegdiskutieren. Alles hier fühlte sich zu real an, zu greifbar. „Oh Gott, das ist wie dieser dämliche Film, den ich damals im College gesehen habe... Was war das nochmal? Ach ja, 'Zurück in die Vergangenheit', oder so ein Mist. Und ich habe noch gelacht."

Sie warf einen verstohlenen Blick aus dem Fenster, und ihr Atem stockte erneut. Vor ihr erstreckte sich eine vollkommen andere Welt. Die Straßen waren mit Kopfsteinpflaster bedeckt, und anstelle von Taxis und hupenden Autos fuhren Pferdekutschen gemächlich vorbei. Menschen in altmodischen Kleidern – Frauen in langen, aufgebauschten Röcken, Männer in Anzügen mit Zylinderhüten – bewegten sich gemächlich über die Straßen. Es war, als hätte jemand ein Stück viktorianisches London direkt vor ihrer Nase materialisiert.

„Okay, Ivory, jetzt rastet nicht völlig aus", sagte sie sich selbst und ballte die Hände zu Fäusten, um das Zittern zu unterdrücken. „Das hier ist offensichtlich eine Art... wie sagt man? Paralleldimension? Oder bin ich tot? Oder... oder... ich habe einfach eine verdammt lebhafte Halluzination. Das ist alles."

Doch dann flammten vor ihrem inneren Auge plötzlich Bilder auf, wie kleine, spröde Erinnerungsfetzen, die nicht zu ihrem Leben passten. Sie sah eine elegante Ballgesellschaft, hörte das gedämpfte Murmeln der Gäste, spürte die Enge eines Korsetts, das ihre Atmung einschränkte. Sie sah ein älteres Gesicht – streng und besorgt – das ihren Namen nannte: „Miss Ventworth, Sie müssen sich zusammenreißen." Ein kalter Schauer lief ihr über den Rücken.

„Miss Ventworth? Bin ich das jetzt?", flüsterte sie und hörte ihren neuen, ungewohnt feinen Akzent, der sich so seltsam in ihren Ohren anhörte. Der Name klang aus ihrem Mund wie ein altes Geheimnis, ein Rätsel, das darauf wartete, gelöst zu werden. „Das kann doch alles nicht wahr sein. Aber... wenn es das ist... dann muss ich irgendwie hier rausfinden."

Sie atmete tief durch und schloss die Augen, versuchte, ihren Herzschlag zu beruhigen. Doch die Bilder, die fremden Erinnerungen, kamen immer wieder. Sie spürte, wie ihre Finger krampfhaft in den Stoff ihres Kleides griffen, als ob sie damit die Realität festhalten könnte. „Oh nein, nein, nein, ich bin jetzt nicht irgendeine Victorian Drama Queen! Das kann ich einfach nicht sein! Aber… was, wenn es doch so ist? Was, wenn das meine neue Realität ist?"

Ivorys Verstand arbeitete auf Hochtouren. Sie musste sich anpassen, zumindest vorerst. Niemandem die Wahrheit sagen – wer würde ihr schon glauben? Sie musste ihre Rolle spielen, die perfekte kleine viktorianische Dame, bis sie einen Weg zurückfand. „Gut, Miss Ventworth", sagte sie zu ihrem Spiegelbild, hob das Kinn und versuchte, sich ein halbwegs mutiges Lächeln aufzusetzen, „ich werde dich jetzt besser kennenlernen. Und vielleicht, nur vielleicht, werde ich es schaffen, hier nicht völlig verrückt zu werden."

Doch tief in ihrem Inneren wusste sie, dass diese kleine optimistische Stimme nur eine dünne Maske war, die die schiere Panik verbergen sollte, die in ihr brodelte. Aber was blieb ihr anderes übrig? Sie musste irgendwie weitermachen, sich in dieser fremden Welt zurechtfinden – eine Welt, in der sie eine andere war, in der sie Ivory Ventworth war, und die Moderne nichts weiter als ein fernes Flüstern hinter einem dicken Vorhang aus Samt.

Kapitel 3

Ivory stand vor dem großen Spiegel in ihrem Zimmer und versuchte, ihre Gedanken zu ordnen. Die Erinnerung an den chaotischen Morgen war noch frisch: das fremde Gesicht im Spiegel, die seltsame Kleidung und die Erkenntnis, dass sie sich nicht mehr in ihrem gewohnten New Yorker Alltag befand. Jetzt musste sie jedoch erst einmal einen ganz anderen Sturm überstehen – das „Familienessen". Was auch immer das bedeutete. Plötzlich wurde an die schwere Holztür geklopft, und eine junge Frau, die sie vage als Dienstmädchen erkannte, betrat den Raum.

„Miss Ventworth, Ihre Mutter erwartet Sie in der Lounge", sagte sie mit einer Mischung aus Höflichkeit und Unsicherheit.

Ivory zwang sich zu einem Lächeln. „Natürlich, ich komme sofort." Ihre Stimme klang immer noch seltsam in ihren Ohren, dieser leichte britische Akzent, der sich anfühlte, als hätte sie ihn nur ausgeliehen. Sie strich ihr Kleid glatt – eine dieser viktorianischen Stoffschichten, die ihr vorkamen, als wären sie für eine Theaterproduktion gemacht. „Na schön, dann spielen wir eben eine Rolle, Ivory", flüsterte sie sich selbst zu und atmete tief durch.

Der Weg zur Lounge war eine Herausforderung für sich. Die alten Treppen knarrten unter ihren Schritten, und sie versuchte, das schwere Kleid so elegant wie möglich zu tragen. In ihrer Vorstellung war sie eine Heldin eines Kostümdramas – in Wahrheit fühlte sie sich wie ein Kind, das sich in den Kleiderschrank der Mutter verirrt hatte.

Als sie die Lounge betrat, empfing sie ein Raum, der ebenso prunkvoll wie ein wenig heruntergekommen wirkte. Die Tapeten hatten an manchen Stellen bereits ihre Farbe verloren, und die Möbel schienen zu einer Zeit modisch gewesen zu sein, als Queen Victoria noch jung war. Am Fenster stand eine Frau, die Ivorys Mutter sein musste – die Witwe Ventworth. Sie hielt sich steif, als hätte sie einen Stock verschluckt, und ihre Augen huschten über den Raum, als könnte sie so die finanzielle Misere der Familie ignorieren. In ihren Händen hielt sie ein Taschentuch, das sie unaufhörlich drehte und wendete.

„Ah, Ivory, endlich. Setz dich. Wir müssen reden", begann sie, ohne sich umzudrehen, und Ivory unterdrückte den Impuls, die Augen zu verdrehen. „Das wird ja sicher unterhaltsam", dachte sie sarkastisch und ließ sich auf einen der altmodischen Sessel sinken. Ihr Blick glitt zur anderen Seite des Raumes, wo ihre jüngere Schwester Clara bereits saß und sie mit großen Augen ansah.

Clara war ein quirliges Ding, mit einem leichten Lächeln auf den Lippen und einer Energie, die selbst in dieser drückenden Atmosphäre durchschimmerte. Ivory spürte, wie sich ein kleiner Funken Wärme in ihrer Brust regte. „Zumindest ist hier jemand, der nicht vollkommen depressiv ist", dachte sie und schenkte Clara ein kurzes, aufmunterndes Lächeln.

Doch bevor sie weiter darüber nachdenken konnte, begann ihre Mutter in einem bedrohlich ruhigen Ton zu sprechen. „Ivory, es ist nun an der Zeit, dass du dich deiner Verantwortung stellst. Unsere Familie hat es nicht leicht, seit..." Sie zögerte, und Ivory vermutete, dass sie an den kürzlich verstorbenen Mr. Ventworth dachte, einen Mann, der ihr selbst in den fremden Erinnerungen der „alten" Ivory eher als strenger Schatten erschien denn als liebevoller Vater. „Seit dem Tod deines Vaters", fuhr die Mutter schließlich fort. „Nun liegt es an uns Frauen, die Würde und Ehre unserer Familie zu bewahren. Das bedeutet, dass wir uns... anständig benehmen müssen."

Ivory hob eine Augenbraue. „Anständig benehmen", was bedeutete das hier wohl? Sie war neugierig, wie das viktorianische Regelwerk aussah, und lehnte sich ein wenig nach vorne. „Und was genau bedeutet das, Mutter?", fragte sie in möglichst respektvollem Ton, obwohl ihr Blick verriet, dass sie mit einer gewissen Skepsis zuhörte.

Ihre Mutter nahm das Taschentuch fester in die Hand und seufzte tief. „Es bedeutet, dass du auf deine Haltung, deine Kleidung und, am allerwichtigsten, auf deine Tugend achten musst. Männer beobachten uns genau, Ivory. Jede Unachtsamkeit könnte den Ruf der Familie ruinieren. Du musst stets daran denken, dass eine unbescheidene junge Dame niemals eine vorteilhafte Partie machen wird."

Ivorys Lippen zuckten. „Ah, das gute alte ‚Halt die Beine geschlossen und lächle'. Wie originell." Sie versuchte, ihre ironischen Gedanken nicht laut werden zu lassen und nickte nur leicht, während Clara auf dem Sessel neben ihr leise kicherte. Das brachte ihrer Mutter einen tadelnden Blick ein.

„Clara, das ist kein Anlass zum Lachen. Auch du wirst lernen müssen, was es bedeutet, eine wahre Dame zu sein", fuhr die Mutter fort, nun in einem Ton, der fast an eine Predigt erinnerte. „Unsere Zukunft hängt davon ab, wie gut wir uns den gesellschaftlichen Erwartungen anpassen. Und…"

Ivory schaltete gedanklich ab, während ihre Mutter weiter über Anstand, Tugend und den Wert von gutem Benehmen dozierte. Ihre Gedanken wanderten zurück nach New York. Sie stellte sich vor, wie sie jetzt in einem schicken Restaurant sitzen würde, einen Martini in der Hand, und die neuesten Gerüchte der High Society analysierte. Oh, wie sehr sie sich nach der Freiheit sehnte, sich einfach hinzusetzen, ohne sich darum zu kümmern, ob ihre Knöchel die richtige Position hatten oder ob ihr Kleid bis zum Boden reichte. Doch hier war das alles anders, hier war sie gefangen in einem Käfig aus Etikette und Erwartungen.

Als die Predigt ihrer Mutter schließlich endete, spürte Ivory, wie ihre Lippen trocken waren vom vielen Lächeln. „Ja, Mutter, natürlich, Mutter. Ich werde mein Bestes tun, Mutter." Es klang überzeugend genug, und zumindest Clara schien die Situation mit einem gewissen Amüsement zu genießen, denn sie zwinkerte Ivory zu, als ihre Mutter den Blick abwandte.

Doch die kleine Pause der Anspannung wurde jäh unterbrochen, als die Tür mit einem lauten Knall aufgestoßen wurde. Ivory zuckte zusammen und sah zur Tür, wo eine hochgewachsene Gestalt im Rahmen stand. Ihr älterer Bruder Alfred. Der Ausdruck auf seinem Gesicht war eine Mischung aus Überheblichkeit und Verachtung, und Ivory hatte das unbestimmte Gefühl, dass sie sich bei ihm auf eine Konfrontation vorbereiten sollte.

„Ivory, ich sehe, du bist endlich bereit, deinen Teil zur Rettung unserer Familie beizutragen", begann Alfred ohne Vorwarnung und ließ sich auf dem nächsten Sessel nieder, als würde er das gesamte Gespräch dominieren wollen. „Es wird Zeit, dass du deine Pflicht erkennst."

Ivory blinzelte. „Wovon redet er da?", dachte sie und versuchte, in den fremden Erinnerungen, die sie durchflutet hatten, nach Hinweisen zu suchen. Doch bevor sie eine Antwort finden konnte, sprach Alfred weiter.

„Ich habe eine Heirat für dich arrangiert. Lord Cavendish ist bereit, deine Hand anzunehmen, und es wäre klug von dir, diese Gelegenheit nicht auszuschlagen. Schließlich..." Er ließ den Satz in der Luft hängen, als würde der Rest der Drohung selbstverständlich sein.

Ivory spürte, wie ihr der Zorn in den Kopf schoss. Lord Cavendish? Dieser widerliche alte Mann mit den gierigen Augen, die viel zu lange auf dem Dekolleté der „alten" Ivory verweilt hatten? Die Erinnerung an seine feuchten Hände, die sich viel zu vertraulich an ihren Arm gelegt hatten, durchzuckte sie wie ein elektrischer Schlag. „Ich werde ganz sicher nicht diesen... widerlichen Kerl heiraten!", platzte es aus ihr heraus, bevor sie sich zurückhalten konnte.

Die Luft im Raum schien plötzlich dicker zu werden. Alfreds Blick verfinsterte sich, und ihre Mutter schnappte nach Luft, als hätte Ivory gerade etwas Unsägliches gesagt. „Ivory, wie kannst du nur so unverschämt sein?", fuhr Alfred sie an, seine Stimme schneidend scharf. „Du weißt genau, dass unsere Familie auf diese Verbindung angewiesen ist. Oder willst du, dass wir auf der Straße enden? Dass Mutter ihre letzten Jahre in Armut verbringen muss?"

Ivory verschränkte die Arme vor der Brust und hob das Kinn. „Und was ist mit dir, Alfred? Vielleicht solltest du mal darüber nachdenken, selbst etwas Geld zu verdienen, anstatt es bei deinen Kartenspielen und in Bordellen zu verschwenden. Wie wäre das?" Die Worte verließen ihre Lippen, bevor sie überhaupt darüber nachdenken konnte, doch sie klangen genau richtig. Fast zu richtig.

Ein erschrockenes Keuchen ging durch den Raum. Clara biss sich auf die Lippe, um nicht laut zu lachen, und die Mutter sank, bleich wie eine frisch gewaschene Bettlaken, in ihren Sessel zurück. Alfreds Gesicht lief rot an, und für einen Moment schien es, als würde er jeden Moment explodieren.

„Du wagst es, mich so zu beschuldigen?", zischte er und trat drohend auf sie zu. „Du bist nichts weiter als ein undankbares, eigensinniges Mädchen, das keine Ahnung hat, was Verantwortung bedeutet!"

Ivory wich keinen Schritt zurück. Ihre moderne Wut vermischte sich mit der Entrüstung der „alten" Ivory, die immer noch irgendwo in ihrem Kopf widerhallte. „Ach, wirklich? Vielleicht habe ich ja einfach nur keine Lust, mein Leben für die dummen Fehler anderer zu opfern."

Alfreds Gesicht war eine Maske aus kalter Wut, aber bevor er noch etwas sagen konnte, erhob sich die Mutter und legte eine zitternde Hand auf seinen Arm. „Genug jetzt, genug. Wir sind alle angespannt... vielleicht sollten wir das Thema später besprechen."

Ivory spürte, wie ihre Fäuste bebten, aber sie hielt sich zurück. Sie war hier in einer neuen Welt, mit neuen Regeln, und der heutige Tag hatte ihr klar gemacht, dass sie sich auf einige unangenehme Auseinandersetzungen einstellen musste. Doch tief in ihrem Inneren keimte eine rebellische Entschlossenheit. Sie würde hier nicht kampflos aufgeben, und sie würde ganz sicher nicht in die Rolle schlüpfen, die Alfred und die Gesellschaft ihr zudachten.

Als sie später allein in ihrem Zimmer saß, betrachtete sie das trübe Licht der Öllampe, das über die alten Wände tanzte. Sie dachte über ihre nächsten Schritte nach und formte einen Plan – eine Strategie, um die Karten zu ihren Gunsten zu wenden. „Wenn sie denken, dass ich mich einfach so fügen werde, dann haben sie sich gewaltig geschnitten", flüsterte sie und lächelte in die Dunkelheit. Sie würde nicht die unschuldige, brave Tochter spielen. Sie würde ihre eigenen Regeln machen.

Ivory wusste nicht, wie lange sie in dieser seltsamen Zeit feststeckte, aber eines war sicher: Sie würde es nicht langweilig machen. Ganz und gar nicht.

Kapitel 4

Ivory lag auf ihrem viel zu großen Bett, umgeben von einer Kälte, die selbst durch die dicken, samtenen Vorhänge der viktorianischen Zeit hindurchdrang. Die schwere Bettdecke fühlte sich an wie ein Gefängnis, und jedes Mal, wenn sie sich umdrehte, knarzten die alten Holzdielen unter dem Gewicht ihrer Gedanken. Schlaf fand sie keinen, nicht in dieser Nacht. Ihr Kopf summte wie ein überdrehter Bienenstock, und jeder Gedanke stach wie eine Biene, schwirrte hektisch in ihrem Verstand und ließ sie nicht zur Ruhe kommen.

Der gestrige Abend hatte Spuren hinterlassen. Der Streit mit Alfred war so unangenehm wie ein alter Stiefel, der nicht passen wollte, aber sie wusste eins genau: Sie würde sich niemals dazu bringen lassen, Lord Cavendish zu heiraten. Nicht in einer Million Jahre, nicht einmal, wenn man sie dazu zwingt, wie eine gut erzogene viktorianische Dame zu sein, die ihren Mund hält und sich fügt. „Ich? Eine braves Weibchen für diesen widerlichen alten Sack?", murmelte sie und musste fast selbst lachen über den absurden Gedanken. Sie stellte sich vor, wie sie Lord Cavendish bei einem romantischen Dinner ins Gesicht sagt, was sie wirklich über ihn dachte – eine Vorstellung, die ihr fast ein amüsiertes Grinsen entlockte.

Ihre Gedanken sprangen zu der Idee eines Skandals, der so groß wäre, dass die ganze Stadt darüber sprechen würde. Eine Welle der Rebellion breitete sich in ihr aus, heiß und belebend, fast so, als hätte sie ein geheimes Elixier getrunken, das ihr Kraft gab. „Ein Skandal, der in die Geschichtsbücher eingeht", flüsterte sie sich zu, das Lächeln auf ihren Lippen wurde breiter. Das klang fast schon verführerisch – ja, eine Art persönlicher Triumph über diese Welt, die sie versuchte, in ein Korsett zu zwängen.

Aber was genau sollte sie tun? Weglaufen war keine Option – sie hatte weder Geld noch eine Ahnung, wie man in dieser Zeit allein überlebte. Nein, sie brauchte einen Plan, der cleverer war. Etwas, das zu ihr passte, zu dieser modernen Frau, die sich hinter der viktorianischen Fassade verbarg.

Irgendwann, zwischen der hundertsten unruhigen Drehung im Bett und dem schleichenden Aufgang der Morgendämmerung, entschied Ivory, dass es sinnlos war, weiter zu versuchen, den Schlaf zu finden. Sie schlüpfte aus dem Bett, zog sich den schweren Morgenmantel über und tastete sich durch die Dunkelheit in Richtung Tür. Vielleicht konnte die Familienbibliothek sie ablenken. Irgendetwas, das ihr den Kopf frei machen würde, bevor sie noch durchdreht.

Die alten Flure knarrten unter ihren Schritten, während sie sich durch die Dunkelheit tastete. Die Bibliothek lag am Ende des Ganges, und als sie die schwere Holztür aufstieß, roch sie den vertrauten Duft von altem Papier und Holz. Es war ein Geruch, der Erinnerungen an ihre Zeit in New York weckte – die langen Stunden, die sie in den Archiven der Stadtbibliothek verbracht hatte, um die dunkelsten Geheimnisse der Reichen und Berühmten aufzudecken. Doch diese Bibliothek hier war anders. Sie war... staubiger, altertümlicher, und die Bücher waren nicht die Art von Lektüre, die man bei einem Glas Rotwein genießen würde.

Ivory ließ ihre Finger über die Buchrücken gleiten. Dicke Wälzer, deren Titel sie nur halb entziffern konnte, und dann Klassiker, die ihre Lehrer in der Schule geliebt hätten, aber sie selbst nie interessiert hatten. Sie zog einen besonders alten Band heraus, schlug ihn auf und fand eine endlose Litanei über die Moralvorstellungen des 19. Jahrhunderts. „Oh, wie spannend", murmelte sie ironisch und ließ das Buch wieder zuschnappen.

Doch gerade, als sie das nächste Buch zurückstellen wollte, schoss ihr ein Gedanke durch den Kopf. Ein Funke, der ihre Müdigkeit und die träge Verzweiflung der letzten Stunden in ein elektrisierendes Kribbeln verwandelte. Sie starrte auf die staubige Sammlung vor sich und konnte das Grinsen, das sich auf ihren Lippen ausbreitete, nicht unterdrücken. „Die Nische für schlüpfrige Liebesromane ist leer", sagte sie leise zu sich selbst und lachte auf. „Oh mein Gott, das ist es!"

Sie stellte sich vor, wie die Damen der gehobenen Gesellschaft heimlich solche Bücher unter ihren Röcken versteckten, wie sie beim Tee kichernd Seiten über verbotenes Verlangen und verbotene Küsse lasen. Hier, in einer Welt, in der sogar das Berühren der Hand eines Mannes einen Skandal auslösen konnte, wäre ein gut geschriebener, saftiger Liebesroman wie ein Erdbeben. Etwas, das das starre, prüde London wachrütteln würde.

Sie griff wahllos nach einem weiteren Buch und stellte sich dabei vor, wie sie die Geschichte einer leidenschaftlichen Liebe zwischen einer einsamen Herzogin und einem charmanten Stallburschen erzählen würde. „Ja, ja, ich weiß, das ist klischeehaft. Aber weißt du was, Klischees verkaufen sich gut", flüsterte sie und blätterte durch die langweiligen Seiten. „Hier haben die Leute noch nie etwas über verbotene Küsse im Mondschein gelesen."

Ivorys Herz klopfte schneller, als sie den Plan weiter verfolgte. Wenn sie die richtigen Worte fand und eine Geschichte schrieb, die genau die richtige Mischung aus Skandal und Romantik bot, dann könnte sie nicht nur ihrer Familie einen gewaltigen Schock verpassen, sondern auch das Geld verdienen, das sie so dringend brauchten. Und das Beste: Niemand würde ahnen, dass sie dahintersteckte. Sie konnte anonym bleiben und sich hinter einem Pseudonym verstecken.

Aber wie würde sie das anstellen? Sie dachte an die Verlage und Druckereien dieser Zeit, an die Art und Weise, wie man Bücher veröffentlichte. Natürlich, es war alles viel langsamer und umständlicher als in ihrer Welt. Aber sie hatte etwas, was die anderen nicht hatten – Wissen aus der Zukunft. Sie wusste, wie man Skandale vermarktet, wie man Gerüchte streut und Neugierde weckt.

„Ein bisschen geheime Werbung, ein paar anonyme Briefe an die Redaktionen... vielleicht könnte ich sogar ein paar pikante Passagen in den Händen der Diener 'vergessen'", überlegte sie und konnte sich das aufgeregte Flüstern der Damen und Herren schon vorstellen. „Oh, hast du schon von diesem neuen Buch gehört? Es soll sehr... gewagt sein!"

Ivory schnappte sich ein leeres Blatt Papier und begann, ihre Ideen darauf zu kritzeln. Die Worte flossen, und je länger sie schrieb, desto mehr Spaß machte es ihr. Es war, als hätte sie eine geheime Waffe gefunden, die sie gegen diese Welt einsetzen konnte. Sie würde die Autorin des skandalösesten Buches des Jahrhunderts sein – und niemand würde es wissen.

Natürlich würde sie vorsichtig sein müssen. Wenn ihr kleines Geheimnis ans Licht käme, würde es sicher einige unangenehme Konsequenzen haben. Sie konnte sich schon vorstellen, wie Alfreds Gesicht sich vor Wut verzog, wie ihre Mutter in Ohnmacht fiel und Lord Cavendish empört schnaubte. „Oh, das wäre herrlich", kicherte sie leise und stellte sich vor, wie die Gesichter der feinen Damen sich röteten, während sie heimlich die schlüpfrigen Passagen lasen.

Aber sie wusste auch, dass sie dieses Risiko in Kauf nehmen würde. Denn in ihrem Inneren war eine neue Energie erwacht, eine Entschlossenheit, die stärker war als die Angst. „Ich werde nicht hier festsitzen und warten, bis mir jemand sagt, was ich zu tun habe", flüsterte sie und ballte die Hand zur Faust. „Ich werde mein eigenes Schicksal bestimmen, und wenn das bedeutet, dass ich ein paar heikle Geschichten schreiben muss, dann soll es so sein."

Ivory stellte sich vor, wie sie sich in ein Verlagsbüro schlich, verkleidet als einfacher Bote, und wie sie das Manuskript heimlich auf dem Schreibtisch eines Redakteurs platzierte. Und dann das gedämpfte Kichern der jungen Assistentinnen, die die ersten Seiten lasen und sie an ihre Freundinnen weitergaben. Der Gedanke war so aufregend, dass sie sich kaum still halten konnte. Sie konnte es kaum erwarten, die verstaubten Regeln der viktorianischen Gesellschaft ein bisschen durcheinanderzubringen.

Doch bevor sie weitermachen konnte, hielt sie inne und betrachtete die Liste, die sie skizziert hatte. „Du weißt, dass du verrückt bist, oder?", fragte sie sich selbst und legte den Kopf schief, während sie die Zeilen überflog. Aber es war ein wohltuendes, freies Gefühl, und sie wusste, dass sie sich nicht mehr verstecken wollte. Sie wollte etwas tun, etwas Großes, etwas, das die Leute dazu bringen würde, ihre perfekt geformten Masken fallen zu lassen.

Als die ersten Sonnenstrahlen durch die Fenster drangen, lächelte Ivory zufrieden. Der Plan war geboren, und sie hatte nicht vor, ihn aufzugeben. Sie würde ihren Weg durch diese Welt bahnen – und sie würde es auf ihre eigene, unverwechselbare Weise tun.

Mit einem letzten, entschlossenen Nicken klappte sie das Notizbuch zu und stellte es sorgfältig zurück in die Regale, zwischen all die staubigen Klassiker, die so gar nichts mit dem zu tun hatten, was sie schreiben wollte. „Wartet nur, London. Ich komme, und ich bringe Skandale mit."

Und während die Sonne die grauen Schatten der Nacht vertrieb, fühlte sich Ivory zum ersten Mal in dieser fremden Zeit nicht mehr völlig verloren. Sie hatte einen Plan – und das bedeutete alles.

Kapitel 5

Das Licht des frühen Morgens fiel durch die hohen Fenster des alten Anwesens und tauchte das Zimmer in ein warmes, goldenes Glühen. Ivory saß auf einem kleinen, mit Samt überzogenen Sessel, die Beine unter sich gekreuzt, und starrte auf ihre Schwester Clara, die an einem zierlichen Teetisch Platz genommen hatte. Clara hatte gerade damit begonnen, die dritte Tasse Tee des Morgens zu trinken, und sah dabei so unbeschwert und fröhlich aus, als wäre der gestrige Skandal am Esstisch nichts weiter als ein verblassender Albtraum.

Ivory beobachtete Clara mit einem Anflug von Neid und Bewunderung. Diese Leichtigkeit, die Clara besaß, war etwas, das Ivory in diesem neuen, strengen Jahrhundert dringend gebrauchen konnte. Auch wenn Clara manchmal wirkte, als würde sie in einer eigenen, rosa Zuckerwatte-Welt leben, war sie doch überraschend scharfsinnig. Und heute, nach einer durchwachten Nacht voller Gedanken und Pläne, fühlte sich Ivory bereit, ein bisschen von dieser jugendlichen Unbekümmertheit in ihr eigenes, viel zu kompliziertes Leben hineinzulassen.

„Schönes Wetter heute, nicht wahr?", begann Ivory, sich an einer Konversation über das Offensichtliche festklammernd. Ein Teil von ihr wollte diese angenehme Leichtigkeit genießen, die nur ein Gespräch über das Wetter mit sich brachte. Außerdem schien es eine gute Möglichkeit zu sein, das Eis zu brechen.

Clara lachte, ein glockenhelles, perlendes Lachen, das den Raum ausfüllte. „Ja, das Wetter. Immer eine gute Rettung, wenn einem nichts Besseres einfällt, nicht wahr, Ivory?" Sie zwinkerte ihr zu und nahm einen kleinen Schluck Tee, wobei sie mit der Anmut einer jungen Dame ihre Tasse zurück auf die Untertasse stellte.

Ivory hob die Hände in einer Geste der Kapitulation. „Erwischt. Aber ich dachte, ein wenig leichte Konversation könnte uns beiden guttun, nach... na ja, du weißt schon, dem Drama gestern Abend." Ein schiefes Grinsen stahl sich auf ihr Gesicht, als sie sich an Alfreds wütendes Gesicht erinnerte. „Du musst zugeben, dass unsere liebe Familie eine Vorliebe für... sagen wir mal, temperamentvolle Diskussionen hat."

Clara rollte dramatisch mit den Augen. „Oh ja, Alfred und seine... pflichtbewusste Ansprache. Ich habe das Gefühl, er hat uns das alles schon hundertmal erzählt. Verantwortung, Pflicht, Ehre... ich kann es nicht mehr hören!" Sie schüttelte den Kopf und beugte sich leicht nach vorn, als würde sie ein Geheimnis preisgeben. „Weißt du, ich glaube, er träumt sogar davon, uns alle auf eine Art Befehl zu versklaven. Vielleicht sollten wir uns in Zukunft einfach Gehörstöpsel besorgen."

Ivory lachte laut auf, und der Klang ihrer eigenen Stimme schien den dichten Nebel der Nacht, der sich in ihren Gedanken festgesetzt hatte, zu durchbrechen. Es tat gut, mit Clara zu sprechen. Vielleicht war diese Welt doch nicht ganz so düster, wie sie am Anfang gedacht hatte. „Ja, das würde ihm sicherlich gefallen. Aber mach dir keine Sorgen, Clara, ich habe nicht vor, mich von ihm oder von jemand anderem herumkommandieren zu lassen." Sie warf ihrer Schwester einen Blick zu, der mehr versprach, als ihre Worte verrieten. „Und ich werde schon dafür sorgen, dass auch du deine Freiheit behältst."

Clara legte den Kopf schief und sah sie neugierig an. „Was hast du vor, Ivory? Du wirkst so... entschlossen. Als hättest du einen geheimen Plan, und ich muss sagen, ich bin sehr neugierig darauf."

Ivory konnte nicht anders, als über die Offenheit ihrer Schwester zu lächeln. „Ach, Clara, es ist nichts, worüber du dir Gedanken machen müsstest. Sagen wir einfach, dass ich nicht plane, in irgendeine Ehe hineingezwungen zu werden, nur weil Alfred denkt, es sei das Beste für mich. Und ich verspreche dir, dass auch du nicht vor dem Altar enden wirst, wenn du es nicht willst."

Clara ließ ihre Augen spielerisch leuchten, während sie sich zurücklehnte und die Finger über die Teetasse gleiten ließ. „Oh, das klingt ja fast wie eine Verschwörung! Ich frage mich wirklich, wie du das anstellen willst. Du weißt, dass Alfred uns nicht einfach unsere Meinung sagen lässt, ohne eine lange Predigt darüber zu halten, wie wir unsere Pflichten zu erfüllen haben." Ihr Gesicht nahm einen nachdenklichen Ausdruck an. „Aber irgendwie... fühle ich mich viel sicherer, wenn du das sagst. Du klingst so, als hättest du wirklich eine Lösung, und ich glaube, ich vertraue dir."

Ivory spürte, wie sich etwas Warmes in ihrer Brust ausbreitete. Clara vertraute ihr – das war mehr, als sie in den letzten Tagen zu hoffen gewagt hatte. Es war ein Gefühl von Zugehörigkeit, etwas, das sie in ihrer modernen, hektischen Welt oft vermisst hatte. Und vielleicht war es genau das, was sie jetzt brauchte, um in diesem seltsamen, neuen Leben Fuß zu fassen.

„Ich weiß nicht, ob ich die perfekte Lösung habe, Clara", gestand sie, während sie einen kleinen Löffel in ihre eigene Tasse rührte, „aber ich habe einen Plan. Und ich verspreche dir, dass er zumindest nicht langweilig wird." Ihre Lippen verzogen sich zu einem schelmischen Lächeln. „Ich bin ja schließlich nicht bekannt dafür, mich in die Erwartungen anderer zu fügen, oder?"

Clara kicherte und lehnte sich nach vorne, um Ivorys Hand zu drücken. „Oh, das weiß ich. Und genau deshalb bin ich mir sicher, dass es gut ausgehen wird, egal was passiert. Ich wünschte, ich könnte so stark sein wie du."

Ivory schüttelte den Kopf, fast ein wenig beschämt von dem Respekt, den Clara ihr entgegenbrachte. „Stärke? Ach, Clara, ich bin nicht stark. Ich habe einfach nur keine Lust, mich unterkriegen zu lassen. Das ist ein großer Unterschied." Sie zwinkerte ihrer Schwester zu und spürte eine seltsame Wärme, die sie fast vergessen hatte – das Gefühl, dass jemand an sie glaubte.

Für einen Moment schwiegen die beiden Schwestern, und Ivory nutzte die Gelegenheit, um sich zu entspannen und die friedliche Stille zu genießen. Aber in ihrem Kopf arbeitete es fieberhaft weiter. Ihre Gedanken überschlugen sich, während sie sich die nächsten Schritte ausmalte, die sie unternehmen musste. Sie dachte an ihre nächtliche Idee, die sie fast schon ein wenig wahnsinnig erscheinen ließ. War es wirklich klug, einen solchen Plan zu verfolgen? Einen, der ihre Anonymität und Sicherheit riskieren könnte?

Aber dann sah sie Clara an, dieses leuchtende, lebendige Wesen, das nur ein wenig Mut brauchte, um aus der Enge dieser Zeit auszubrechen. Und sie wusste, dass sie es versuchen musste – für Clara, für sich selbst, und für jede Frau, die jemals das Gefühl hatte, dass sie mehr sein könnte als nur ein hübsches Gesicht in einem starren System. „Oh, das wird Spaß machen", dachte sie, während sie die Tasse Tee zu ihren Lippen führte.

„Und ich werde ganz sicher nicht diejenige sein, die den ersten Stein wirft – aber ich werde definitiv dafür sorgen, dass es genug Gerüchte gibt, um die Leute am Laufen zu halten", dachte sie, und das Grinsen wurde breiter. Das Leben in dieser Welt mochte komplizierter sein, aber es hatte auch seinen ganz eigenen Reiz.

Schließlich erhob sie sich, ging um den kleinen Tisch herum und zog Clara in eine Umarmung. Ihre Schwester schmiegte sich an sie, und Ivory spürte den leichten Duft von Lavendel, den Clara immer mit sich trug. „Mach dir keine Sorgen, kleine Schwester. Wir werden uns hier schon durchschlagen – und ich verspreche dir, dass es noch jede Menge Abenteuer geben wird."

Clara lachte leise, während sie sich von Ivory löste und ihr ein schalkhaftes Lächeln schenkte. „Na gut, Ivory, ich vertraue dir. Aber bitte, versprich mir eines: Lass mich wissen, wenn du etwas besonders Aufregendes planst. Du weißt, dass ich Überraschungen liebe."

Ivory legte ihre Hand dramatisch auf ihr Herz und tat so, als würde sie einen feierlichen Schwur leisten. „Ich verspreche es, Clara. Du wirst die erste sein, die es erfährt – wenn es etwas gibt, was deine kostbare Neugierde befriedigen könnte." Sie lachte und drückte Clara noch einmal fest, bevor sie sich zurückzog.

Als sie schließlich wieder in ihrem eigenen Zimmer stand und die Tür hinter sich schloss, lehnte Ivory sich für einen Moment gegen das Holz und ließ die Ereignisse der letzten Stunden auf sich wirken. Ihre Hände zitterten leicht, aber das war nicht mehr die Nervosität der ersten Tage. Es war etwas anderes – ein Gefühl der Vorfreude, des Aufbruchs, das in ihr wuchs wie eine Flamme.

„Also gut, meine liebe viktorianische Gesellschaft", murmelte sie leise vor sich hin, während sie zum Fenster trat und in den langsam heller werdenden Morgen hinausschaute. „Ihr habt eine Vorstellung davon, wie sich eine Dame benehmen sollte? Dann lasst mich euch zeigen, wie kreativ ich darin sein kann, diese Erwartungen ein kleines bisschen zu... verändern."

Ivory wusste, dass sie auf einem schmalen Grat balancierte. Ein falscher Schritt, und sie würde alles verlieren – den schmalen Halt, den sie in dieser Welt gefunden hatte, die zarte Verbindung zu Clara und jede Hoffnung auf eine Zukunft. Aber gleichzeitig fühlte sie sich so lebendig wie nie zuvor. Sie war bereit, die Herausforderung anzunehmen, und sie würde nicht aufhören, bis sie erreicht hatte, was sie wollte.

„Ich spiele nicht nach euren Regeln", flüsterte sie in die Stille und konnte nicht verhindern, dass sich ein selbstsicheres Lächeln auf ihren Lippen ausbreitete. „Ich mache meine eigenen."

Und während draußen die ersten Vögel des Morgens sangen und die Sonne langsam über den Horizont kletterte, wusste Ivory, dass dies der Anfang von etwas Großem war – einer Reise, die sie selbst noch nicht ganz verstand, die aber bereits ihren Herzschlag schneller und lauter klingen ließ.

Kapitel 6

Ivory saß an ihrem Schreibtisch, die Stirn in Falten gelegt, und starrte auf das weiße Papier vor sich. Der Raum um sie herum war still, bis auf das leise Ticken einer antiken Uhr in der Ecke, die sich anhörte, als würde sie jede Sekunde ihres neuen Lebens in dieser altmodischen Welt abmessen. Vor ihr lag das Tintenfass, und in ihrer Hand hielt sie eine Feder, die viel zu leicht war, um ernst genommen zu werden. Ein Instrument, das im Vergleich zu ihrem geliebten Laptop wie ein antiker Folterapparat wirkte.

„Na gut", murmelte sie und tauchte die Feder in die Tinte. „Ich bin vielleicht in einer neuen Zeit gefangen, aber ich werde mich nicht unterkriegen lassen. Schreiben ist schließlich Schreiben, oder?" Aber sobald sie die Feder über das Papier führte, wurde ihr klar, dass es eben nicht so einfach war. Der erste Strich, der Buchstabe, der aus ihrem Kopf auf das Papier fließen sollte, war ein ungleichmäßiges Gekritzel, und bevor sie es verhindern konnte, bildete sich ein großer Tintenklecks auf der Seite.

„Wunderbar, einfach wunderbar", seufzte sie und starrte auf den Fleck, der sich über das Papier ausbreitete wie eine kleine, schwarze Katastrophe. „Das fängt ja großartig an. Ich fühle mich wie in der ersten Klasse, nur dass der Lehrer diesmal das Universum ist und die Note garantiert ein ‚Ungenügend' wird."

Doch Ivory wäre nicht Ivory, wenn sie sich so leicht geschlagen geben würde. Sie nahm die nächste Seite zur Hand und setzte erneut an. Buchstaben für Buchstaben versuchte sie, eine saubere Zeile zu formen, die nicht wie das Werk eines Betrunkenen aussah. Es war harte Arbeit, ihre Hand verkrampfte sich schon nach wenigen Minuten, und ihre Finger waren fleckig von der Tinte. Sie fragte sich, wie die Menschen dieser Zeit es schafften, ohne Muskelkrämpfe ganze Romane zu schreiben.

Während sie sich mit der nächsten Zeile abmühte, wanderte ihr Gedanke zurück zu ihrer eigentlichen Mission: den perfekten Plot zu finden, der die viktorianischen Gemüter erschüttern würde. Die Idee von der leidenschaftlichen Affäre zwischen der Herzogin und dem Stallburschen hatte sie bereits. „Aber ich brauche mehr", dachte sie und stellte sich vor, wie sie auf dem Cover von halb London landete, mit reißerischen Schlagzeilen über ihre „schändlichen" Geschichten.

Sie starrte auf das Papier, aber in ihrem Kopf öffnete sich eine imaginäre Bibliothek voller romantischer Klischees und literarischer Ausschweifungen. Ihre Gedanken überschlugen sich, und sie begann, die verschiedenen Typen von Romanen zu analysieren, die in ihrer Zeit immer gut gelaufen waren. Da waren die klassischen Highlander-Geschichten: Große, muskulöse Schotten in Kilts, die sich in unerschrockene, aber dennoch schutzbedürftige Heldinnen verlieben. „Die Schotten... Ja, ich sehe schon die Damen dieser Zeit mit ihren roten Wangen, wenn sie über kräftige Männer in Kilts lesen, die ihre Heldinnen in die rauen Highlands entführen."

Dann war da der unverbesserliche Bad Boy, der geheimnisvolle, aber unwiderstehliche Viscount, der nur von der Liebe der Heldin gerettet werden konnte. Sie stellte sich einen Mann vor, der im Schatten seines Anwesens lauerte, mit einer Vergangenheit so düster wie die Ecken seiner Bibliothek. Er rauchte wahrscheinlich Zigarillos und trug ein Hemd, das immer halb geöffnet war. „Oh, ich kann förmlich hören, wie die Damen mit ihren Fächern wedeln, um die Hitze zu vertreiben, wenn sie von seinen durchdringenden Blicken lesen."

Sie biss sich auf die Unterlippe, während sie weiter Buchstaben auf das Papier kritzelte. Was war mit dem verführerischen französischen Adligen, der bei einer Revolte fast den Kopf verloren hätte und nun als geheimnisvoller Ausgestoßener in der Londoner Gesellschaft lebte? Oder dem charmanten, aber leichtsinnigen amerikanischen Abenteurer, der sich in Europa niedergelassen hatte und mehr über das Kartenspiel und Frauen als über gute Manieren wusste?

„Es gibt so viele Möglichkeiten", dachte sie und schüttelte ungläubig den Kopf, als sie ihre Finger streckte, die langsam taub wurden. „Wirklich, die Frauen in dieser Zeit wissen gar nicht, was ihnen entgeht. Highlander, Viscount, französischer Graf – sie könnten jeden haben!"

Ivorys Feder kratzte weiter über das Papier, während sie diese Gedanken verarbeitete, und sie musste unwillkürlich über sich selbst lachen. Hier saß sie, in einem alten Kleid, gefangen in einem alten Haus, in einer noch älteren Zeit – und dachte über alle erotischen Klischees nach, die sie in den letzten Jahren verschlungen hatte. „Ach, wie schön wäre es, wenn ich einfach eine Rezension zu einem dieser Bücher schreiben könnte: ‚Eine leidenschaftliche Geschichte über verbotene Liebe und heiße Highlander – ein absolutes Muss für alle, die gerne in fremde Zeiten flüchten.‘ Aber nein, hier sitze ich, und es gibt nicht mal eine Buchhandlung mit skandalösen Liebesromanen."

Sie legte die Feder kurz beiseite und massierte ihre verkrampfte Hand. „Okay, Ivory, genug über Schotten, Viscounts und französische Adlige nachgedacht. Zurück zur Realität." Sie beugte sich wieder über das Papier und bemühte sich, eine saubere Zeile zu schreiben, die nicht sofort in einem Meer aus Tinte versank. Es war eine harte Arbeit, aber es gab ihr auch Zeit zum Nachdenken.

Und während sie sich abmühte, wurde langsam eine Idee in ihrem Kopf klarer. Es war, als ob die Geschichten, die sie durchdacht hatte, sich zu einer neuen Form zusammensetzten. Eine Frau, gefangen in den Zwängen ihrer Zeit, aber bereit, alles für die Liebe zu riskieren – ein Mann, der sich gegen alle Konventionen stellte, um bei ihr zu sein. „Das könnte funktionieren", dachte sie und spürte, wie sich eine zarte Aufregung in ihrer Brust regte. „Es muss nicht kompliziert sein. Die besten Geschichten sind manchmal die einfachsten."

Und so, während sie ihre krakeligen Buchstaben auf das Papier setzte und ihre Hand dabei immer sicherer wurde, formte sich in ihrem Kopf langsam aber sicher das Bild ihrer Heldin. Eine Frau, die stark genug war, um sich gegen das zu stellen, was von ihr erwartet wurde – aber auch bereit, für die Liebe zu kämpfen. Sie sah sie bereits vor sich: Stolze Haltung, rebellische Gedanken, und ein Herz, das nur darauf wartete, in Flammen aufzugehen.

Ivory wusste, dass sie noch viel zu lernen hatte, dass sie noch viele Seiten voller Tintenkleckse und schiefen Buchstaben vor sich hatte. Aber sie wusste auch, dass sie auf dem richtigen Weg war. „Vielleicht bin ich ja doch für dieses verrückte Abenteuer gemacht", murmelte sie vor sich hin und ließ die Feder wieder über das Papier gleiten.

Und als die ersten Sonnenstrahlen des Nachmittags durch das Fenster fielen, saß Ivory immer noch an ihrem Schreibtisch, vertieft in ihre Gedanken und in ihre unsauberen Zeilen. Die Worte auf dem Papier waren weit entfernt von Perfektion, aber sie enthielten eine Energie, eine Art Entschlossenheit, die Ivory selbst überraschte.

„Wer hätte gedacht, dass das alles so anfängt?", dachte sie und lächelte schief. „Mit krummen Buchstaben und einem Kopf voller Ideen über Schotten und Viscounts."

Doch das Lächeln auf ihren Lippen verriet, dass sie ihre Herausforderung gefunden hatte – und dass sie es kaum erwarten konnte, den nächsten Schritt zu machen. Der Weg mochte mühsam sein, aber sie wusste, dass sie das Zeug dazu hatte, sich in dieser neuen Welt durchzuschlagen. Und während sie das nächste Blatt Papier nahm und tief durchatmete, fühlte sie sich zum ersten Mal in langer Zeit wirklich lebendig.

Kapitel 7

Ivory saß an ihrem Schreibtisch, die Feder in der Hand, und grinste wie ein verschmitztes Kind, das gerade dabei war, eine heimliche Schandtat zu planen. Vor ihr lag eine Seite nach der anderen, voller wilder Ideen und übertriebener Wendungen. Es war Zeit, ihren Plan in die Tat umzusetzen und das langweilige, starre London mit etwas ganz Besonderem zu erhellen: ihrem ersten, unverschämt romantischen, übertrieben leidenschaftlichen Roman.

„Na gut, liebe viktorianische Leser, haltet euch fest", murmelte sie vor sich hin, als sie sich mit funkelnden Augen über das Papier beugte. „Ihr denkt, ihr kennt Romantik? Wartet nur, bis ihr das hier lest." Sie tunkte die Feder in die Tinte und begann, die Worte auf das Papier zu bringen. Das Kratzen der Feder war das einzige Geräusch im Raum, abgesehen von Ivorys gelegentlichem Kichern, das die stille Bibliothek erfüllte.

„Ihre Brust hob sich schwer, als Lord Ashford seine Finger leicht über die zarte Haut ihres Handgelenks gleiten ließ. Das warme, flackernde Licht der Laternen fiel auf sein Gesicht, seine dunklen Augen funkelten geheimnisvoll, als er leise flüsterte: "Lady Eleanor, ich kann nicht länger so tun, als würde mein Herz in meiner Brust nicht brennen, wenn ich an Sie denke. Ihre Nähe ist wie ein Feuer, das mich verzehrt.""

Ivory hielt inne und las ihre eigenen Worte leise vor, als würde sie prüfen, wie sie klangen. Sie legte den Kopf schief und überlegte. „Hm, vielleicht ist das ein bisschen dick aufgetragen. Aber hey, wenn ich schon kitschig werde, dann richtig." Sie stellte sich vor, wie die Leserinnen dieses Satzes scharf einatmen würden, während sie in ihrer gutbürgerlichen Wohnzimmerstube saßen und versuchten, sich die Röte aus den Wangen zu wedeln. Das Bild war einfach zu gut.

„Ach, Lady Eleanor, wenn du wüsstest, dass dein romantischer Berater hier eine Frau aus dem 21. Jahrhundert ist", dachte sie und musste sich ein

Lachen verkneifen. „Du würdest dir wahrscheinlich die Spitzen deines Korsetts zerreißen."

Sie fuhr fort, über ihre Heldin zu schreiben, die in ihren Träumen von einer Liebe ergriffen wurde, die gegen alle Konventionen verstieß. „Eleanor wusste, dass sie ihn nicht lieben durfte. Ein Lord von zweifelhafter Herkunft, der in den Schatten seines eigenen Geheimnisses lebte, und doch... war es seine Berührung, die sie in den Nächten wach hielt, seine Stimme, die ihr Herz schneller schlagen ließ. Die strengen Regeln der Gesellschaft waren nichts im Vergleich zu den heißen Flammen, die in ihrer Brust loderten."

Ivory lehnte sich zurück und beobachtete, wie die Worte auf dem Papier Gestalt annahmen. Sie stellte sich vor, wie die biederen Londoner Damen sich bei diesen Passagen fieberhaft die Stirn tätschelten, während sie versuchten, ihre eigene Aufregung zu verbergen. „Das wird ihnen den Atem rauben. Und das Beste daran ist: Sie werden es lieben, es zu hassen."

Sie beugte sich wieder über das Papier und ließ die Feder weiter gleiten. Während sie schrieb, tauchte sie immer tiefer in die Geschichte ein. Die Liebesszenen wurden intensiver, aber immer mit einem Hauch von Stil und Anmut. „Keine vulgären Details, Ivory. Nur genug, um die Fantasie anzuregen", erinnerte sie sich selbst, während sie eine weitere romantische Szene skizzierte.

„„Eleanor spürte, wie ihre Knie nachgaben, als Lord Ashford sie an sich zog, sein Atem heiß an ihrem Hals, während seine Lippen ihr ein leises Versprechen in die Ohren flüsterten: "Würdest du mir folgen, selbst wenn die Welt sich gegen uns stellt?""

Ivory legte die Feder beiseite und lächelte zufrieden. Sie hatte es geschafft, den schmalen Grat zwischen Leidenschaft und Anstand zu finden – genug, um die Damen in Aufruhr zu versetzen, aber nicht so viel, dass sie ihre Teetassen empört fallen ließen. „Genau richtig, meine Liebe", flüsterte sie sich selbst zu, als wäre Lady Eleanor eine alte Freundin. „Du und ich, wir werden diesen Langweilern hier zeigen, was wahre Romantik ist."

Zwischendurch, wenn die Feder wieder einmal ungehorsam war und Tintenkleckse auf das Papier spritzten, lehnte sich Ivory zurück und ließ ihre Gedanken schweifen. Sie überlegte, welche weiteren Wendungen sie ihrer Geschichte geben könnte. Vielleicht ein missverstandener Heiratsantrag, ein nächtliches Rendezvous im Garten, bei dem die Gefahr von Entdeckung in der

Luft lag... „Oder wie wäre es mit einer Rettung aus den Fluten eines Flusses? Oh, das wäre dramatisch."

Sie schrieb weiter, und die Worte flossen leichter über das Papier, als ob ihre Hand jetzt endlich das Geheimnis dieser merkwürdigen alten Kunst verstanden hätte. Ihre Heldin wurde in ihren Gedanken lebendig, ein wenig störrisch und selbstbewusst – eine Frau, die nicht immer die Regeln der Gesellschaft befolgte, aber genau wusste, was sie wollte. Und was sie wollte, war Leidenschaft.

Ivory konnte sich vorstellen, wie Eleanor mit ihr sprechen würde, wenn sie könnte. „Wirklich, Ivory, meinst du, das ist eine gute Idee? Mich so in den Armen dieses Mannes schmelzen zu lassen?"

„Vertrau mir, Eleanor", murmelte Ivory und grinste in sich hinein. „In hundert Jahren werden Frauen Bücher wie dieses lesen und davon träumen, so wie du zu sein. Also mach dir keine Sorgen. Du wirst ein Hit."

Sie tunkte die Feder erneut in die Tinte und schrieb eine weitere Szene, in der Eleanor und Lord Ashford sich heimlich in einer abgelegenen Laube trafen, während der Rest der feinen Gesellschaft im Ballsaal tanzte. „Er zog sie in die Schatten der Laube, und ihre Herzen schlugen im gleichen Takt wie die Musik, die gedämpft durch die Mauern des Anwesens drang. Er hob ihr Kinn mit einer zärtlichen Bewegung, und seine Stimme war kaum mehr als ein Flüstern: ‚Eleanor, ich werde mich niemals mit einem Leben ohne dich zufriedengeben.'"

Ivory kicherte leise über ihre eigene Theatralik. „Ach, wie gut das in die Ohren der viktorianischen Gesellschaft klingen wird. Sie werden es verfluchen und es gleichzeitig nicht aus der Hand legen können."

Und während sie sich tiefer in die Welt ihrer Heldin und ihres geheimnisvollen Lords vertiefte, merkte sie, dass das Schreiben ihr mehr Freude bereitete, als sie gedacht hatte. Es war, als hätte sie eine geheime Tür gefunden, durch die sie dem Alltag und den Zwängen entfliehen konnte – eine Tür, die in eine Welt führte, in der alles möglich war. Und es machte ihr Spaß, diese Tür weit offen zu halten und die Leser hinter sich herzuziehen.

Sie hielt inne und stellte sich vor, wie sie eines Tages durch die Straßen Londons schlendern würde, das Gesicht hinter einem Schleier verborgen, während sie den Damen lauschte, die aufgeregt über die pikantesten Szenen in ihrem Buch tuschelten. „Vielleicht sollte ich mir ein Pseudonym zulegen", dachte sie. „Etwas Geheimnisvolles, das die Neugier noch mehr anheizt. Wie wäre es mit... Violet LaFleur? Klingt doch dramatisch, oder?"

Mit einem letzten Blick auf ihre bisherigen Seiten lehnte sie sich zurück und legte die Feder beiseite. Die ersten Kapitel ihres Romans waren fast fertig, und obwohl ihre Hand schmerzte und ihre Finger von der Tinte verschmiert waren, fühlte sie sich erfüllt. Das, was sie da schuf, war mehr als nur eine Geschichte – es war eine kleine literarische Bombe, die sie bald in die viktorianische Gesellschaft werfen würde.

Ivory erhob sich, streckte sich und sah aus dem Fenster, wo die Sonne langsam hinter den Hügeln verschwand. „Also, Eleanor", flüsterte sie und spürte ein amüsiertes Funkeln in ihren Augen. „Ich hoffe, du bist bereit, denn wir beide werden London so richtig aufmischen."

Und während die Dunkelheit sich über das Anwesen legte, wusste Ivory, dass sie auf dem richtigen Weg war – einem Weg voller schlüpfriger, aber dennoch eleganter Abenteuer. Sie würde die viktorianische Gesellschaft wachrütteln, sie würde ihre Leser erröten und träumen lassen. Und das Beste daran? Niemand würde wissen, dass die Frau hinter den Worten eine moderne Zeitreisende war, die sich nichts mehr wünschte, als ein bisschen Chaos in diese altehrwürdige Welt zu bringen.

Kapitel 8

Der Abend senkte sich über das altehrwürdige Anwesen der Ventworths, und Ivory massierte sich die schmerzenden Finger. Das Gefühl in ihren Händen war längst einem dumpfen Pochen gewichen, das sich wie eine ständige Erinnerung daran anfühlte, dass sie nun wirklich in einer anderen Zeit lebte – einer Zeit, in der das Schreiben eine Handwerkskunst war und nicht nur das schnelle Tippen auf einer Tastatur. Aber trotz der Schmerzen konnte sie ein zufriedenes Lächeln nicht unterdrücken. Vor ihr lagen die ersten Seiten ihres Romans, und auch wenn sie von Tintenklecksen übersät und die Buchstaben nicht gerade gleichmäßig waren, war es doch der Anfang. Ein Anfang, der all ihre Energie und Fantasie eingefangen hatte.

„Das war erst der erste Schritt", flüsterte sie und betrachtete die Zeilen, die sich über das Papier zogen. Sie konnte förmlich spüren, wie die Welt der viktorianischen Damen und Herren von der Geschichte verschlungen werden würde, die sie geschrieben hatte. Doch bevor sie sich weiter in ihren Erfolgsträumen verlieren konnte, rief ihre Mutter sie mit einer Stimme, die keinen Widerspruch duldete.

„Ivory, Clara! Es wird Zeit, sich fertig zu machen. Wir dürfen nicht zu spät zum Ball kommen."

Ivory verdrehte die Augen, aber nur kurz, um ihre Mutter nicht noch mehr zu verärgern. Der Ball. Ein weiteres gesellschaftliches Ereignis, bei dem es weniger um Vergnügen und mehr um die penible Einhaltung der Regeln ging. Doch sie wusste, dass es eine perfekte Gelegenheit war, um ein wenig die viktorianische Gesellschaft und deren Gepflogenheiten zu studieren – vor allem, wenn man selbst die Absicht hatte, diese Gesellschaft heimlich zu schockieren.

Wenig später stand sie in ihrem Zimmer, während eine Zofe ihre Haare hochsteckte und in kunstvolle Wellen legte. Das Kleid, das sie für den Abend ausgewählt hatte, war ein Traum aus dunkelblauer Seide, mit filigraner Stickerei an den Ärmeln und einem Ausschnitt, der gerade so tief war, dass er als anständig gelten konnte – zumindest für die damaligen Maßstäbe. „So, dann wollen wir mal", murmelte sie und lächelte ihr eigenes Spiegelbild an. „Wer hätte gedacht, dass ich einmal als viktorianische Lady auf einen Ball gehe?"

Clara, die in einem pastellrosanen Kleid neben ihr stand, funkelte förmlich vor Aufregung. „Oh, Ivory, stell dir vor! All die Herren in ihren schicken Anzügen, und wie sie uns den Hof machen! Ich bin so gespannt, wen wir heute Abend treffen werden."

Ivory konnte nicht anders, als über die kindliche Begeisterung ihrer Schwester zu lächeln. Sie legte ihr eine Hand auf die Schulter und drückte sie leicht. „Mach dir keine Sorgen, Clara. Du wirst sicher genug Aufmerksamkeit bekommen, um den ganzen Abend beschäftigt zu sein. Und ich? Nun ja, ich werde wohl vorerst die stille Beobachterin spielen."

Wenig später fuhren sie in einer prächtigen Kutsche durch die Straßen Londons, die von Laternenlicht erhellt wurden. Der Ball fand in einem imposanten Herrenhaus statt, und schon von außen konnte man die elegante Musik hören, die durch die offenen Fenster in die Nacht strömte. Als sie ankamen und aus der Kutsche stiegen, straffte Ivory unwillkürlich die Schultern und zwang sich zu einem gelassenen Lächeln. „Na dann, auf in die Arena."

Das Foyer des Herrenhauses war ein beeindruckender Anblick – hohe Decken, Kronleuchter, die in goldenen Wellen schimmerten, und überall Menschen in ihren besten Kleidern, die sich in förmlicher Eleganz bewegten. Clara neben ihr strahlte wie ein kleines Mädchen, das gerade ein Geheimversteck voller Bonbons entdeckt hatte. Sie machte sich sofort auf die Suche nach geeigneten Tanzpartnern, während Ivory sich mehr zurückhielt.

„Mal sehen, was wir hier so haben", dachte sie und ließ ihren Blick über die Anwesenden schweifen. Es war, als würde sie in einem riesigen Theaterstück stehen, in dem jeder seine Rolle auswendig gelernt hatte. Die jungen Damen standen gruppenweise zusammen, ihre Fächer fest umklammert, während sie unter gesenkten Wimpern zu den jungen Herren hinüberblickten, die sich in einer scheinbar lässigen Haltung an der Barriere des Ballsaals positioniert hatten.

Ivory beobachtete, wie ein junger Lord in einem perfekt sitzenden Frack einen tiefen Bückling vor einer Dame machte, die kaum ihre Röte unterdrücken konnte. „Ein bisschen übertrieben, nicht wahr?", murmelte sie vor sich hin, aber es lag eine Art Faszination in diesem Spiel der Manieren, das sie nicht leugnen konnte. Es war alles so... durchdacht, so fein austariert. Jeder Blick, jeder Handschlag hatte eine Bedeutung. Das war keine rohe Romantik, wie sie es aus ihrer Zeit kannte, sondern ein vorsichtiges Spiel mit der Spannung.

„Das ist wie Tanzen auf einem Drahtseil, und keiner darf zu weit nach links oder rechts ausschlagen", dachte sie schmunzelnd, während sie eine Dame beobachtete, die ihren Fächer kurz hob und ihn dann rasch wieder schloss. Sie wusste, dass das ein Zeichen war, aber was es genau bedeutete, war ihr schleierhaft. „Es könnte genauso gut bedeuten, dass sie dringend ein Glas Champagner braucht, aber die Wahrheit wird sie wohl nie preisgeben."

Ivory lehnte sich gegen eine der kunstvoll geschnitzten Säulen des Saales und genoss ihre Rolle als Beobachterin. Sie hörte, wie die Gespräche um sie herum flossen – Komplimente, geschickt verpackte Anspielungen, leises Lachen, das unterdrückt und doch nicht ganz verheimlicht werden konnte. Und je länger sie zuhörte, desto mehr verfestigte sich ihr Gedanke: Diese Menschen hier waren so sehr darauf bedacht, ihre Gefühle zu verstecken, dass das Verbotene für sie umso verlockender sein musste.

„Oh, wenn sie wüssten, was ich in meinem kleinen Buch für sie vorbereitet habe...", dachte sie und musste sich ein Lachen verkneifen. „Meine Lady Eleanor und ihr heißblütiger Lord Ashford würden diesen steifen Tänzern hier wahrscheinlich den Verstand rauben."

Sie stellte sich vor, wie sich die Gesichter der feinen Gesellschaft verziehen würden, wenn sie von den nächtlichen Abenteuern ihrer Romanhelden lesen würden – von gestohlenen Küssen im Schatten der Gärten und flüsternden Liebesgeständnissen unter den funkelnden Sternen. Ihre Lippen verzogen sich zu einem spitzbübischen Grinsen. „Vielleicht wird meine kleine Geschichte ja sogar Gesprächsthema auf einem dieser Bälle. ‚Hast du schon gelesen, was diese geheimnisvolle Schriftstellerin über den Kuss in der Laube geschrieben hat? So ungehörig!'"

Doch noch war sie nur eine Zuschauerin in diesem Spiel, und das war gut so. Sie wollte ihre Rolle als die unauffällige Schwester spielen, die sich dezent im Hintergrund hielt, während Clara mit einem charmanten jungen Mann nach dem anderen tanzte. Ihre Mutter beobachtete das Treiben mit prüfendem

Blick, ein strenger Ausdruck auf dem Gesicht, als würde sie jede Bewegung auf ihre gesellschaftliche Tauglichkeit hin bewerten.

Aber Ivory ließ sich davon nicht beirren. Stattdessen betrachtete sie ihre eigene Rolle in diesem Theaterstück mit einer gewissen Gelassenheit. „Du hast ja keine Ahnung, Mama. Hier stehe ich, ganz unschuldig, während in meinem Kopf Szenen ablaufen, die deinen Teekreis in Ohnmacht fallen lassen würden." Sie strich mit den Fingerspitzen über die glatte Oberfläche ihres Fächers und stellte sich vor, wie sie den nächsten Schritt in ihrem Plan machen würde.

Wenig später, als sie sich im Ballsaal umsah und die funkelnden Kronleuchter betrachtete, spürte sie, dass ihre Entscheidung richtig war. Sie konnte sich vorstellen, wie diese feine Gesellschaft von ihrer Geschichte in Aufruhr versetzt würde, wie die Damen ihre moralische Empörung zur Schau stellen würden, während sie heimlich die Seiten verschlangen. „Sie wollen etwas, das ihr Herz schneller schlagen lässt, auch wenn sie es nie zugeben würden. Und genau das werde ich ihnen geben."

Während Clara über den Tanzboden wirbelte, in den Armen eines jungen Mannes, der offenbar nicht genug von ihren funkelnden Augen bekommen konnte, war Ivory zufrieden damit, am Rand zu stehen und die stillen Fäden ihrer Pläne zu spinnen. Sie fühlte sich wie eine Puppenspielerin, die ihr Publikum genau kannte, und die wusste, dass die wahre Macht nicht darin lag, auf der Bühne zu stehen, sondern die Fäden im Verborgenen zu ziehen.

„Wartet nur ab, meine Lieben", flüsterte sie leise vor sich hin, während sie eine der Kerzen betrachtete, die das sanfte Licht über den Ballsaal warfen. „Ihr werdet noch über meine Worte sprechen, lange nachdem dieser Ball zu Ende ist. Und vielleicht, nur vielleicht, werdet ihr dann ein wenig anders auf diese kleinen, verhaltenen Gesten und Blicke blicken."

Mit diesem Gedanken ließ sie sich von der Musik des Orchesters einhüllen und genoss den Rest des Abends in dem Wissen, dass sie eine geheime Waffe in der Hand hielt – eine Waffe aus Tinte und Papier, die schon bald ihren ersten Einsatz erleben würde.

Kapitel 9

Die Tage nach dem Ball wurden für Ivory zu einem wirbelnden Tanz zwischen zwei Welten – der Welt ihrer Fantasie und der Realität, die ihr immer wieder in den Weg kam, wie eine besonders lästige Tante, die einfach nicht verschwinden wollte. In ihrem Zimmer, abgeschottet von dem ständigen Trubel des Hauses, fand sie einen kleinen Rückzugsort, in dem sie sich voll und ganz dem Schreiben widmen konnte. Ihre Feder flog jetzt fast mühelos über das Papier, und die Szenen zwischen der leidenschaftlichen Herzogin und dem wilden, aber zärtlichen Stallburschen sprudelten förmlich aus ihr heraus.

„'Ihre Finger vergruben sich in der groben Wolle seiner Jacke, als seine Lippen ihren Namen an die kalte Nachtluft hauchten. Ein Hauch von Heu und Leder umgab ihn, und seine Hände, rau und stark, umfingen ihre schmalen Schultern. "Lady Eleanor, es ist mir egal, wer du bist. Ich will dich, mehr als ich jemals etwas in meinem Leben wollte."'"

Ivory konnte nicht anders, als ein wenig selbstzufrieden zu lächeln, als sie diesen Satz las. Die Szenen wurden immer lebendiger, immer verlockender, und sie konnte sich bereits vorstellen, wie die Damen Londons erröteten, wenn sie die Zeilen lasen. „Oh, Lady Eleanor, du hast keine Ahnung, was auf dich zukommt", dachte sie und versank wieder in ihrer Arbeit. Es war erstaunlich, wie viel Spaß es machen konnte, diese Fantasiewelt zu erschaffen – eine Welt, die so viel aufregender war als die eigene.

Aber sobald sie die Tür ihres Zimmers hinter sich ließ, wurde sie jäh in die Realität zurückgeholt. Ihre Mutter, die gerade eine Vorliebe dafür entwickelt hatte, ihr ständig lange Vorträge zu halten, wartete schon auf sie, wie ein Raubvogel, der über seiner Beute kreist. Das Thema war immer dasselbe: „Ivory, du musst lernen, was es heißt, eine wahre Dame zu sein."

An diesem Tag fand sie ihre Mutter im Salon, die Hände streng gefaltet und den Blick auf das Fenster gerichtet, als könnte sie dort draußen die bösen

Geister der Gesellschaft lauern sehen. „Ivory, setz dich", sagte sie mit dem Tonfall einer Kommandantin, die sich gerade auf eine lange Schlacht vorbereitete. „Es gibt Dinge, über die wir sprechen müssen."

Ivory seufzte leise und ließ sich auf einen der Stühle sinken, den sie möglichst weit entfernt von ihrer Mutter wählte, um zumindest ein wenig Abstand zu gewinnen. „Natürlich, Mutter, ich bin ganz Ohr", sagte sie und bemühte sich um ein unschuldiges Lächeln, das sie schon lange perfektioniert hatte. Es half nicht – ihre Mutter schien entschlossener denn je, ihre Botschaft durchzubringen.

„Ivory, ich mache mir wirklich Sorgen um dich. Du bist ständig in deinem Zimmer eingeschlossen, niemand weiß, was du dort tust. Es ist wichtig, dass du dich in die Gesellschaft integrierst. Eine Dame von Stand muss gesehen werden, sie muss wissen, wie man sich benimmt, wie man sich... verkauft."

Ivorys Lächeln wurde schärfer. „Oh, Mutter, keine Sorge. Ich habe gerade eine sehr interessante Lektion im Verkaufen. Du würdest überrascht sein, wie gut ich darin geworden bin." Natürlich bezog sie sich auf ihre literarischen Bemühungen, aber ihre Mutter nahm den Hinweis nicht auf. Stattdessen fuhr sie ungerührt fort.

„Es geht um Anstand, Ivory. Es geht darum, wie wir als Familie gesehen werden. Dein Verhalten... Es ist wichtig, dass du dich wie eine wahre Dame verhältst. Deine Zofe sagt, dass du sogar über den Briefen sitzt und stundenlang schreibst. Worüber?"

Ivory konnte sich das sarkastische Lachen kaum verkneifen. „Ach, weißt du, Mutter, ich schreibe über all die Dinge, die du mir immer predigst: Tugendhaftigkeit, Sittsamkeit, Zurückhaltung... natürlich in einer leicht... romantisierten Form." Ihre Mutter hob eine Augenbraue, aber zum Glück schien sie den unterschwelligen Sarkasmus nicht vollständig zu erfassen. Oder sie entschied sich, ihn zu ignorieren.

„Ivory, du wirst mich nicht mit deinen Scherzen ablenken. Es ist mir wichtig, dass du verstehst, was von dir erwartet wird. Wir sind Frauen, und in unserer Welt zählt der Ruf mehr als alles andere. Wenn du dich der Gesellschaft nicht anpasst, wirst du uns alle in Ungnade bringen. Weißt du, was das bedeuten würde?"

Ivory lehnte sich zurück und verschränkte die Arme vor der Brust. Ihre Mutter sah in diesem Moment aus wie das perfekte Bild einer Matrone der viktorianischen Ära – die Stirn gerunzelt, die Hände steif gefaltet, die Lippen schmal zusammengepresst, als könnten sie keine Freude mehr aussprechen. „Oh ja, Mutter, ich weiß, was das bedeuten würde", dachte Ivory und bemühte sich, ihre Gedanken nicht laut auszusprechen. „Es würde bedeuten, dass ich nicht mehr gezwungen wäre, endlose Vorträge über Anstand und Sittsamkeit anzuhören. Klingt nach einer wahren Katastrophe."

Sie nickte stattdessen brav, als hätte sie die ganze Lektion geschluckt und verstanden. „Ich werde darüber nachdenken, Mutter", sagte sie und schaffte es, ihre Stimme ernsthaft klingen zu lassen. Doch kaum hatte sie den Raum verlassen, rollte sie mit den Augen und konnte sich ein leises „Ja, sicher" nicht verkneifen.

Zurück in ihrem Zimmer atmete sie tief durch und setzte sich wieder an ihren Schreibtisch. Der Kontrast zwischen dem, was sie hier schrieb, und dem, was ihre Mutter von ihr erwartete, war einfach zu köstlich. Sie tauchte die Feder erneut in die Tinte und fügte eine neue Szene hinzu, die sie gerade während des Gesprächs inspiriert hatte.

„Eleanor spürte, wie seine Hände ihre Taille umschlossen, während er sie dichter an sich zog. Seine Stimme war ein heiseres Flüstern, das ihre Haut zum Prickeln brachte. "Warum widerstehst du mir, Lady Eleanor? Wir beide wissen, dass es nichts auf dieser Welt gibt, was uns voneinander fernhalten kann.""

Ivory lächelte, während die Worte über das Papier flossen. In ihrer Geschichte konnte ihre Heldin all das ausleben, was in der realen Welt verpönt und unmöglich war. Es war ein Spiel mit den Konventionen, und sie genoss jede Sekunde davon. Sie stellte sich vor, wie Lady Eleanor und ihr verwegener Stallbursche heimlich auf einer Sommerwiese lagen, während die Sterne über ihnen funkelten – ein Bild, das ihrer Mutter wahrscheinlich die Augen aus dem Kopf rollen lassen würde. „Das würde ihr sicher gefallen", dachte sie sarkastisch.

Aber das Schreiben war nicht das Einzige, das ihr durch den Kopf ging. Während sie in ihre Szenen eintauchte, ließ sie immer wieder Gedanken darüber schweifen, wie sie ihr Werk heimlich veröffentlichen konnte. Sie konnte es kaum erwarten, den ersten Leserbrief zu lesen, in dem jemand empört fragte, wer es wagte, solche ungehörigen Szenen zu Papier zu bringen. Aber wie sollte sie es schaffen, dass ihre Identität verborgen blieb?

Das war eine knifflige Frage, und während sie darüber nachdachte, warf sie einen Blick auf die Schublade, in der sie die fertigen Seiten aufbewahrte.

Sie wusste, dass sie einen Weg finden würde – vielleicht mit Hilfe eines vertrauenswürdigen Dienstboten, der die Seiten unter falschem Namen in einer Druckerei abgab. Es gab Mittel und Wege, und sie würde sie alle nutzen, um ihre kleine literarische Bombe zu zünden.

Doch bevor sie weiter darüber nachdenken konnte, klopfte es erneut an ihrer Tür, und Clara steckte den Kopf herein, ihre Augen funkelten neugierig. „Ivory, warum hast du dich hier oben eingeschlossen? Mutter ist wirklich sauer."

Ivory seufzte, aber sie konnte nicht anders, als zu lächeln. Clara war wie ein kleiner Lichtstrahl, der ihre düsteren Gedanken immer wieder erhellte. „Oh, Clara, wenn du wüsstest, wie viel ich hier oben noch vorhabe. Aber keine Sorge, ich komme runter. Wir wollen Mutter ja nicht den ganzen Abend verderben."

Sie erhob sich und legte die Feder zur Seite, aber innerlich wusste sie, dass sie bald zurückkehren würde, um ihre Arbeit fortzusetzen. Der Gedanke an das, was noch vor ihr lag – die verborgenen Seiten, die auf ihre Entdeckung warteten, die skandalösen Geschichten, die sie noch schreiben würde – ließ ihr Herz ein wenig schneller schlagen. Sie war bereit für die nächste Runde, egal wie viele Familienvorträge noch folgen würden.

Kapitel 10

Ivory stand vor dem Spiegel in ihrem Zimmer und betrachtete ihr Spiegelbild kritisch. Das Kleid, das sie für den heutigen Abend trug, war aus feiner, nachtblauer Seide, mit aufwändigen Stickereien an den Ärmeln und einem Hauch von Spitze am Dekolleté. Es war das perfekte Outfit für eine Dame von Stand, doch in diesem Moment fühlte es sich eher wie eine Rüstung an. Denn sie wusste genau, was sie an diesem Abend erwartete: ein weiteres Zwangstreffen mit Lord Cavendish, der sich hartnäckig in den Kopf gesetzt hatte, sie zu seiner zukünftigen Gattin zu machen.

Ivory atmete tief durch und zwang sich zu einem Lächeln. „Na schön, dann wollen wir mal sehen, ob der alte Herr wirklich glaubt, dass ich mich kampflos ergeben werde." Sie dachte an den vor ihr liegenden Abend und konnte sich ein schiefes Grinsen nicht verkneifen. „Vielleicht werde ich heute ein paar Manieren vergessen. Nur aus Versehen, natürlich."

Als sie sich dem Speisesaal näherte, hörte sie bereits die Stimmen der Gäste, die sich in höflichem Geplänkel ergingen. Ihre Mutter hatte sich wieder einmal alle Mühe gegeben, um einen perfekten Abend zu organisieren. Der Tisch war mit feinsten Kristallgläsern und silbernen Kerzenleuchtern gedeckt, und der Duft von gebratenem Wild lag schwer in der Luft. Doch all diese Pracht war für Ivory nur die Kulisse für einen inneren Kampf, der bereits seit Wochen tobte.

„Ah, Miss Ventworth, wie reizend Sie aussehen!" Lord Cavendish erhob sich schwerfällig von seinem Stuhl, als sie den Raum betrat, und seine Augen funkelten gierig, während er ihren Anblick regelrecht verschlang. Er war rundlich, sein Haar bereits stark ausgedünnt, und seine Augen hatten eine merkwürdige Art, sich auf Ivorys Dekolleté zu fixieren, die ihr jedes Mal einen kalten Schauer über den Rücken jagte.

„Lord Cavendish", erwiderte sie mit einem zuckersüßen Lächeln, das ihre Augen jedoch kalt ließ. „Wie nett, dass Sie uns mit Ihrer Gesellschaft beehren."

Sie machte einen knappen Knicks, wobei sie sich Mühe gab, ihre Abneigung hinter einer Fassade aus Höflichkeit zu verstecken – zumindest für den Moment. Sie wollte den Abend nicht zu schnell eskalieren lassen. Wo blieb schließlich der Spaß, wenn der Sturm zu früh losbrach?

Doch kaum hatten sich alle an den Tisch gesetzt, begann sie ihren kleinen privaten Feldzug. Zunächst ließ sie ihre Gabel direkt vor Lord Cavendish' Füße fallen. Mit einem unschuldigen Lächeln beugte sie sich unter den Tisch, um das Besteck aufzuheben, und flüsterte dabei laut genug, dass es alle hörten: „Oh, wie tollpatschig von mir. Aber wer weiß, vielleicht bin ich einfach nicht für diese feinen Manieren geschaffen."

Der alte Lord räusperte sich verlegen, und ihre Mutter, die am anderen Ende des Tisches saß, schickte ihr einen strengen Blick, der Bände sprach. Doch Ivory ignorierte die stummen Vorwürfe und setzte ihr Spiel fort.

Als der erste Gang serviert wurde, ein feines Consommé, nahm sie einen Löffel und schlürfte absichtlich laut, bevor sie sich zu Lord Cavendish wandte. „Ich hoffe, Sie verzeihen mir, Lord Cavendish. In meiner Familie wurde mir nie wirklich beigebracht, wie man sich am Tisch benimmt." Ihre Augen funkelten vor gespielter Naivität, und sie konnte sich ein innerliches Kichern nicht verkneifen, als sie sah, wie sich seine Lippen zu einem gezwungenen Lächeln verzogen.

„Natürlich, Miss Ventworth. Solche... kleinen Unzulänglichkeiten kann man Ihnen sicher leicht verzeihen", antwortete er, doch seine Miene wurde zunehmend steif.

Ivory wusste, dass sie auf dünnem Eis tanzte, aber das machte es nur umso reizvoller. Sie dachte an die vielen Male, die sie in ihrem modernen Leben unangenehme Dates über sich ergehen lassen musste, und beschloss, dass es an der Zeit war, den Spieß umzudrehen. „Ich hoffe, Ihnen gefällt unser kleines Dinner, Lord Cavendish", sagte sie und ließ ihre Stimme noch eine Spur süßer klingen, während sie sich leicht über den Tisch beugte. „In Ihrer... Lebenserfahrung haben Sie sicher schon viele solcher Abende erlebt, nicht wahr?"

Er nickte, doch seine Augen verengten sich, als würde er versuchen, hinter ihr Lächeln zu blicken. „Ja, gewiss, aber ich muss sagen, dass es nur wenige Gesellschaften gibt, die so reizvoll sind wie die Ihre, Miss Ventworth." Die Anspielung war so dick aufgetragen, dass sie beinahe ihre Suppe verschluckte.

„Oh, das ist wirklich… schmeichelhaft", antwortete sie mit einem Ton, der alles andere als ernst gemeint war. In Wahrheit spürte sie, wie sich ihre Nackenhaare sträubten, als seine Blicke wieder einmal viel zu lange an ihren Schultern verweilten. „Vielleicht hätte ich ihm doch die Suppe über den Kopf schütten sollen", dachte sie, beschloss jedoch, sich mit weniger offensichtlichen Manövern zu begnügen. Zumindest für den Moment.

Der Abend zog sich dahin, und die Atmosphäre am Tisch wurde zunehmend angespannter. Ivory warf immer wieder provokative Bemerkungen ein, schickte scheinbar unschuldige Spitzen in Richtung des Lords und ließ dabei die Maske der gut erzogenen Tochter immer weiter bröckeln. Sie bemerkte, wie ihre Mutter zunehmend bleicher wurde, während Alfreds Gesicht eine zornige Röte annahm.

Als schließlich der Dessertwein serviert wurde, ließ Lord Cavendish einen Satz fallen, der Ivorys Laune endgültig zum Kippen brachte. „Miss Ventworth, ich hoffe, Sie haben inzwischen erkannt, dass eine Verbindung zwischen uns das Beste für Sie und Ihre Familie wäre. Ich könnte Ihnen ein Leben in Sicherheit bieten, fern von allen Sorgen… und es würde mir große Freude bereiten, Ihnen ein ehrenwerter Ehemann zu sein."

Ivory setzte ihr Weinglas ab und lehnte sich zurück, während sie den Blick des Lords festhielt. „Oh, wirklich? Ein Leben ohne Sorgen? Das klingt verlockend… wenn man sich unter Sorgen nur die Langeweile in Ihrem Salon vorstellt."

Es wurde totenstill am Tisch, und ihre Mutter verschluckte sich beinahe an ihrem Wein. Alfred legte das Besteck klirrend auf den Tisch und funkelte Ivory an. „Ivory!", zischte er, seine Stimme klang wie eine drohende Gewitterwolke. Doch sie ignorierte ihn und fixierte weiter Lord Cavendish, der nun endgültig die Contenance verlor.

„Miss Ventworth, ich weiß nicht, was ich zu dieser Respektlosigkeit sagen soll…"

„Ach, Lord Cavendish, ich wollte nur sichergehen, dass wir uns richtig verstehen", unterbrach sie ihn mit einem Lächeln, das nichts Freundliches an sich hatte. „Denn so viel ich weiß, heiratet man doch aus Liebe, oder zumindest aus… gegenseitiger Sympathie. Und ich fürchte, an letzterem scheint es uns beiden zu mangeln."

Nach dem Abendessen brach das Chaos endgültig aus. Kaum hatten die Gäste das Haus verlassen, zogen ihre Mutter und Alfred sie in den Salon, die Gesichter vor Zorn verzerrt. „Was denkst du dir eigentlich, Ivory?", donnerte Alfred, während er auf sie zutrat, und seine Stimme hallte zwischen den Wänden wider. „Du ruinierst unsere letzte Chance auf eine Zukunft!"

Ivory verschränkte die Arme vor der Brust und blickte ihrem Bruder kühl in die Augen. „Unsere letzte Chance? Wovon redest du, Alfred? Du meinst wohl eher deine letzte Chance, dich weiterhin als Kopf der Familie aufzuführen, während du das Geld verprasst, das Vater uns hinterlassen hat."

Alfreds Gesicht wurde rot vor Wut, und er machte einen Schritt auf sie zu. „Wie kannst du es wagen, so mit mir zu sprechen? Du hast keine Ahnung, wie schwer es ist, diese Familie zusammenzuhalten."

„Ach ja? Und was genau tust du, außer mich in eine Ehe drängen zu wollen, die ich nicht will? Vielleicht solltest du selbst einmal etwas tun, um uns zu helfen, anstatt mich zu opfern!" Ihre Stimme erhob sich, und sie spürte, wie die aufgestaute Wut der letzten Wochen endlich herausbrach.

Ihre Mutter versuchte, dazwischenzugehen, legte ihre Hände beschwichtigend auf Alfreds Arm. „Bitte, wir sollten nicht streiten. Alfred, beruhige dich. Ivory, du weißt, dass wir auf seine Unterstützung angewiesen sind."

„Wirklich?", rief Ivory aus, „Angewiesen darauf, dass ich mich verkaufe, um Alfreds Fehler zu bereinigen? Nein, danke!"

Alfred ballte die Fäuste und trat noch näher an sie heran, bis sie sein aufgeregtes Atmen spüren konnte. „Du bist egoistisch, Ivory. Du ruinierst uns alle."

„Und du, Alfred", erwiderte sie scharf, „du bist ein Feigling, der sich hinter dem Anstand versteckt, während er mich in eine Hölle schubsen will."

Für einen Moment schien die Luft zwischen ihnen zu knistern, als würden Funken durch den Raum fliegen. Doch bevor jemand von ihnen weiter sprechen konnte, drehte Ivory sich abrupt um und stürmte aus dem Raum, ihre Röcke rauschten wie ein stummer Protest hinter ihr her.

Zurück in ihrem Zimmer, atmete sie tief durch und fühlte, wie die Wut langsam nachließ, ersetzt durch eine kalte Entschlossenheit. Sie würde nicht nachgeben. Und sie würde ganz sicher nicht aufhören, ihre eigenen Pläne zu verfolgen. Sie setzte sich an ihren Schreibtisch und griff wieder zur Feder. Noch mehr als zuvor spürte sie, dass ihre Worte eine Waffe waren – eine, die sie nur für sich selbst brauchte.

Kapitel 11

Die Dämmerung senkte sich über das Ventworth-Anwesen, und die Räume des alten Hauses lagen in einem fast unheimlichen Halbdunkel. Die Luft war schwer und drückend, als könne sie die unausgesprochenen Worte und die aufgestaute Spannung im Haus nicht länger halten. Ivory konnte es spüren, wie ein elektrisches Prickeln in der Luft, das nichts Gutes verhieß.

Sie war gerade in ihrem Zimmer und blätterte durch die neuesten Seiten ihres Romans, als sie plötzlich das laute Knallen einer Tür hörte, gefolgt von aufgeregten Stimmen. Sie konnte Alfreds erhobene Stimme deutlich erkennen, und eine leise, flehende Antwort, die eindeutig Clara gehörte. Ivorys Magen zog sich zusammen, als sie die verzweifelte Tonlage in Claras Stimme hörte. Sie legte die Blätter hastig beiseite und eilte in den Flur, wo sich die Stimmen immer mehr überschlugen.

„Das ist doch Wahnsinn, Alfred!", hörte sie Clara rufen, ihre Stimme zitterte, und als Ivory um die Ecke bog, sah sie ihre Schwester, deren Augen bereits feucht vor Tränen waren. Alfred stand vor ihr, das Gesicht vor Zorn verzerrt, und seine Hände zu Fäusten geballt.

„Du hast keine Wahl, Clara", fuhr Alfred sie an, seine Stimme scharf wie ein Peitschenhieb. „Du wirst diesen Mann heiraten, ob es dir passt oder nicht. Er ist vermögend und bereit, dich zu nehmen. Was glaubst du, was es für unsere Familie bedeutet, wenn du eine gute Partie machst?"

Clara schluchzte auf, und in ihren Augen flammte ein verzweifelter Ausdruck auf, als sie Alfred ansah. „Aber ich liebe ihn nicht, Alfred! Ich kann nicht einfach jemanden heiraten, den ich nicht liebe. Das ist falsch!"

Ivory trat näher, und als Clara ihren Blick bemerkte, stürzte sie sich fast schon in ihre Arme. „Ivory, sag ihm, dass ich das nicht tun kann! Sag ihm, dass ich ihn nicht heiraten will!" Ihre Stimme brach, und heiße Tränen rollten über ihre Wangen. „Ich liebe jemanden anderen."

Ivory zog Clara fest an sich, streichelte ihr beruhigend über den Rücken und warf Alfred einen Blick zu, der kälter war als der Winterwind. „Wen genau hast du dir diesmal als Opfer ausgesucht, Alfred?", fragte sie mit einem beißenden Unterton, der in jeder Silbe mitschwang.

Alfreds Miene verhärtete sich, und seine Augen blitzten vor Zorn. „Es ist Lord Milbury, ein respektabler Mann mit einem soliden Vermögen. Er wäre bereit, Clara zu heiraten und sie in eine sichere Zukunft zu führen – etwas, das du anscheinend nicht verstehst, Ivory. Unsere Familie ist in Gefahr, und wenn du weiterhin deine Spielchen treibst, werden wir alle im Elend enden. Aber Clara hat noch eine Chance, das zu verhindern."

Ivory schnaubte verächtlich und drückte Clara noch fester an sich. „Ach, wirklich? Eine Chance auf eine Zukunft, in der sie sich wie eine Gefangene fühlt, eingesperrt in einem Leben, das sie nicht will? Was für ein großzügiges Angebot, Alfred."

Alfred trat einen Schritt auf sie zu, und seine Stimme wurde lauter, dröhnender. „Und was schlägst du vor, Ivory? Dass sie sich in eine Romanze mit einem hungerleidenden Künstler stürzt? Glaubst du wirklich, dass Liebe die Rechnungen bezahlt? Dass Liebe unsere Schulden tilgt und uns vor dem Bankrott rettet? Du lebst in einer Fantasiewelt!"

„Besser in einer Fantasiewelt leben, als sich in die Ketten eines ungewollten Lebens fügen!", schoss Ivory zurück, ihre Wut jetzt nicht mehr unterdrückend. „Clara verdient es, ihr Leben so zu leben, wie sie es will, und nicht nach deinen Regeln, die nichts anderes als selbstsüchtig sind."

Clara löste sich leicht aus Ivorys Umarmung und sah zu ihrem Bruder auf, in ihren Augen eine Mischung aus Schmerz und Entschlossenheit. „Du verstehst es nicht, Alfred. Ich liebe jemanden. Einen Mann, der mich versteht, der mich sieht, wie ich wirklich bin. Ich bin in David verliebt – in David, den Maler."

Für einen Moment schien die Zeit stehen zu bleiben, und Alfred starrte seine Schwester fassungslos an, als hätte sie ihm gerade die ungeheuerlichste aller Beichten gestanden. „Ein... Maler?", wiederholte er, als könne er das Wort nicht fassen. „Clara, bist du völlig von Sinnen? Ein Mann ohne Rang, ohne Vermögen – ein Niemand!"

„Vielleicht ist er ein Niemand in deinen Augen, aber für mich ist er alles", antwortete Clara, ihre Stimme zitterte, doch ihre Entschlossenheit war unverkennbar. „Ich weiß, dass er nicht reich ist, aber er liebt mich. Er liebt mich wirklich, und ich kann mir ein Leben ohne ihn nicht vorstellen."

Ivory sah zu Clara hinunter, die sich tapfer gegen die drohende Verzweiflung wehrte, und in ihrem Inneren wuchs eine Entschlossenheit, die sie selbst überraschte. „Alfred, es reicht", sagte sie mit schneidender Kälte. „Clara wird niemanden heiraten, den sie nicht liebt. Und wenn du es weiterhin versuchst, sie in ein Leben zu drängen, das sie nicht will, dann wird sie gehen – und ich werde dafür sorgen, dass sie die Möglichkeit dazu hat."

Alfreds Gesicht verzog sich zu einer wütenden Grimasse, doch er wusste, dass er gegen Ivorys Entschlossenheit nicht ankam. „Ihr beide seid so töricht", knurrte er, seine Stimme vibrierte vor unterdrückter Wut. „Ihr begreift nicht, dass ich das alles nur für uns tue. Ihr spielt mit dem Feuer, und am Ende werdet ihr euch verbrennen."

„Lieber verbrennen, als in Kälte erstarren", erwiderte Ivory trocken, und Alfred warf ihr einen letzten wütenden Blick zu, bevor er sich mit einem Fluch auf den Lippen abwandte und den Raum verließ.

Sobald er verschwunden war, brach Clara in Ivorys Armen in Tränen aus, und die Anspannung, die sich in ihren schmalen Schultern festgesetzt hatte, löste sich endlich. „Ich kann das nicht, Ivory. Ich kann nicht tun, was sie von mir verlangen. Ich... ich wäre lieber tot, als ohne David zu leben."

Ivory strich ihr beruhigend über das Haar und hielt sie fest, als würde sie sie vor der ganzen Welt beschützen wollen. „Shh, Clara, keine Sorge", flüsterte sie und spürte, wie ihre eigene Entschlossenheit ihre Stimme festigte. „Das wird nicht passieren. Wir werden nicht nach ihren Regeln spielen. Wir finden einen Weg, das verspreche ich dir."

Clara hob den Kopf und sah ihre Schwester mit tränenfeuchten Augen an. „Wirklich, Ivory? Was, wenn es keinen Ausweg gibt? Was, wenn sie mich zwingen wollen?"

Ivorys Miene verhärtete sich, und in ihren Augen brannte ein Feuer, das selbst sie überraschte. „Dann werden wir sie zwingen, uns gehen zu lassen. Wir haben nichts mehr zu verlieren, Clara, und ich werde nicht zulassen, dass sie dein Leben zerstören. Nicht, wenn es in meiner Macht steht, das zu verhindern."

In Claras Augen flammte ein Funke Hoffnung auf, und sie klammerte sich an Ivorys Hand wie an einen Rettungsanker. „Du bist die Beste, Ivory. Ich wusste, dass ich mich auf dich verlassen kann."

Ivory drückte ihre Hand und zwang sich zu einem kleinen Lächeln, auch wenn ihr Inneres vor Sorge und Zorn brannte. „Und jetzt", sagte sie, „werden wir Pläne schmieden. Wenn sie uns in eine Ecke drängen wollen, dann müssen wir zeigen, dass wir zu kämpfen wissen. Aber vor allem: Du musst dir sicher sein, was du willst, Clara. Und wenn das bedeutet, dass wir David finden und alles hinter uns lassen, dann werden wir das tun."

Clara nickte, ihre Entschlossenheit kehrte langsam zurück, und sie wischte sich die letzten Tränen von den Wangen. „Ich will nur frei sein, Ivory. Frei zu lieben und mein eigenes Leben zu leben. Das ist alles, was ich mir wünsche."

„Und das ist genau das, was du haben wirst", antwortete Ivory und zog Clara fest in eine Umarmung. In diesem Moment wusste sie, dass sie keine Zeit mehr zu verlieren hatten. Sie würde für ihre Schwester kämpfen, so wie sie für ihre eigene Freiheit kämpfen wollte. Und sie wusste, dass die Uhr gegen sie tickte – dass sie jetzt handeln mussten, bevor Alfred und ihre Mutter ihre Pläne weiter vorantreiben konnten.

Während sie in Claras Augen sah, fühlte sie, dass ihre eigene Entscheidung längst gefallen war. Sie würden nicht länger Opfer dieser alten Welt sein. Sie würden ihre Freiheit zurückerobern, koste es, was es wolle.

Kapitel 12

Der Morgen graute, und die ersten Sonnenstrahlen krochen zaghaft über die Ziegeldächer Londons. Ivory saß am Frisiertisch in ihrem Zimmer und spürte, wie sich eine nervöse Aufregung in ihrem Magen ausbreitete. Heute war der Tag, an dem sie endlich den nächsten Schritt ihres Plans in Angriff nehmen würde. Der Plan, der ihr die ganze letzte Nacht durch den Kopf gespukt hatte, während sie sich in ihrer kalten Bettwäsche hin und her wälzte.

Sie stand auf, strich sich das Kleid glatt und schlüpfte in ihren Mantel. „Also gut, Ivory", flüsterte sie sich selbst zu und warf einen letzten Blick in den Spiegel. „Heute wirst du mehr tun, als nur Worte aufs Papier bringen. Heute bringst du sie in die Welt hinaus."

Unter dem Vorwand eines Besuchs bei einer Freundin und der angeblich notwendigen Besorgung neuer Stickgarne – „weil diese in London natürlich von so viel besserer Qualität sind" – schlich sie sich aus dem Haus. Ihre Mutter schien zu sehr in ihre eigenen Gedanken vertieft, um die Flucht ihrer Tochter wirklich zu bemerken, und Alfred war zum Glück nicht in Sichtweite. Die Luft war frisch und ein wenig feucht, als Ivory in die Straßen trat und sich in das geschäftige Treiben Londons einfügte.

Die Adresse, die sie suchte, hatte sie sich mühsam über die Dienerschaft und ein paar diskrete Fragen in den richtigen Ohren beschafft. Mister Aldridge, der Name klang vielversprechend. Ein kleiner Verleger mit einem etwas zweifelhaften Ruf, aber genau die Art von Person, die vielleicht genug Mut besaß, um ihre gewagten Geschichten zu drucken. Die Art von Verleger, der mehr darauf bedacht war, eine gute Geschichte zu veröffentlichen, als darauf, sich an die strengen Moralvorstellungen der Zeit zu halten.

Ivory schlenderte durch die engen Gassen, ihre Schritte hallten auf den Kopfsteinpflaster, während sie sich immer tiefer in die weniger feinen Teile Londons vorarbeitete. Hier, wo die Häuser sich schief über den schmalen Weg neigten und die Luft nach Kohle und nassen Mauern roch, fand sie schließlich das unscheinbare Schild über einer kleinen Ladentür: „Aldridge & Co. Verleger".

Von außen sah das Gebäude aus wie jede andere unscheinbare Ecke Londons, kaum mehr als ein verstaubter Laden mit einem schmutzigen Schaufenster, hinter dem sich ein paar veraltete Bücher stapelten. Doch als Ivory die knarrende Tür aufstieß und der dumpfe Klang einer Glocke durch den Raum hallte, wusste sie, dass sie hier richtig war. Der Innenraum war überladen mit Regalen, Manuskripten, und einem alten Schreibtisch, der aussah, als hätte er mehr Geschichten gehört, als irgendein anderer Ort in der Stadt.

Hinter dem Schreibtisch saß ein Mann in den mittleren Jahren, mit graumeliertem Haar und einem Bart, der eher an einen ungeschnittenen Garten erinnerte. Seine Brille balancierte gefährlich weit vorn auf seiner Nase, und er blickte über den Rand zu ihr hinüber, als sie den Raum betrat.

„Mister Aldridge?", fragte Ivory, und ihre Stimme war sicherer, als sie sich fühlte. Der Mann hob den Blick und musterte sie skeptisch, als könnte er kaum glauben, dass eine junge Dame wie sie sich an einen Ort wie diesen verirrt hatte.

„Miss... Ventworth, nehme ich an?", erwiderte er und lehnte sich zurück, die Hände in die Taschen seiner abgenutzten Weste geschoben. „Ich habe gehört, dass Sie ein Manuskript haben, das mich interessieren könnte."

Ivory zwang sich, das Lächeln auf ihren Lippen zu halten, und griff nach der kleinen Ledertasche, die sie mitgebracht hatte. Sie zog das Bündel Papier heraus, das sie in den letzten Tagen mit so viel Mühe und Hingabe gefüllt hatte, und legte es vor ihm auf den Tisch. Ihr Herz schlug wie wild, als sie sah, wie er die ersten Seiten durchblätterte, seine Augen sich über die Zeilen bewegten, während seine Miene sich von skeptisch zu... interessiert wandelte.

„Interessant, sehr interessant", murmelte er schließlich und hob eine Augenbraue. „Das ist sicherlich... gewagter als das, was wir normalerweise drucken." Er legte die Seiten beiseite und sah sie mit einem schiefen Lächeln an. „Aber ich muss sagen, Miss Ventworth, ich glaube, Sie haben hier etwas, das die Damen unserer Gesellschaft ganz und gar verschlingen werden."

Ivory spürte, wie sich ein Triumphgefühl in ihr ausbreitete, doch sie hielt ihre Stimme ruhig, als sie antwortete. „Das ist nur der erste Teil, Mister Aldridge. Es wird mehr davon geben, aber ich verlange absolute Diskretion.

Mein Name darf nicht in Verbindung mit diesem Werk gebracht werden. Ich möchte unter dem Pseudonym ‚Violet LaFleur' veröffentlichen."

Er schnaubte leise, als hätte er bereits damit gerechnet. „Natürlich, Miss... oder sollte ich sagen, Madame LaFleur. Diskretion ist mein zweiter Vorname, das können Sie mir glauben." Er lehnte sich vor und klopfte mit zwei Fingern leicht auf das Manuskript. „Dieses Buch hier, wenn ich es richtig einschätze, wird ein ziemliches Aufsehen erregen. Aber Sie müssen sich im Klaren darüber sein, dass es, nun ja, gewisse Risiken mit sich bringt."

Ivory lachte leise und spürte, wie ihre Anspannung sich ein wenig löste. „Risiken? Glauben Sie mir, Mister Aldridge, ich bin mir sehr wohl bewusst, dass dies ein Drahtseilakt ist. Aber ich habe vor, auf diesem Seil zu tanzen – und ich bin bereit, es darauf ankommen zu lassen."

Der Verleger lächelte jetzt ebenfalls, und in seinen Augen blitzte etwas auf, das fast wie Respekt wirkte. „Dann lassen Sie uns tanzen, Madame LaFleur. Wir werden die ersten Exemplare in etwa drei Wochen drucken können, wenn alles gut geht. Und ich werde dafür sorgen, dass niemand Ihre wahre Identität kennt."

Ivory nickte, und zum ersten Mal fühlte sie, wie sich die Aufregung in ihr zu einem warmen, fast elektrisierenden Gefühl verwandelte. Sie hatte es tatsächlich geschafft. Ihre Worte würden bald in den Händen fremder Menschen liegen, die sich ihrer Fantasie hingaben, die die Leidenschaft und das Drama ihrer Geschichten verschlingen würden. Die Anspannung der letzten Wochen fiel von ihr ab, als sie Mister Aldridge zum Abschied die Hand reichte und den Laden verließ.

Draußen hatte sich das Grau des Himmels in ein leichtes Blau verwandelt, und Ivory blieb einen Moment auf der Schwelle stehen, atmete die kühle Londoner Luft ein und sah sich die Straßen um sich herum an. Das Gewicht der letzten Tage schien leichter, die Zukunft schien offener – und doch wusste sie, dass sie sich auf dünnem Eis bewegte.

Während sie den Rückweg antrat, konnte sie das Auf und Ab ihrer Gefühle kaum fassen. Ein Teil von ihr wollte triumphieren, wollte vor Freude springen und lachen, weil sie endlich den ersten Schritt gewagt hatte. Aber ein anderer Teil, der leise und vorsichtigere Teil, flüsterte ihr zu, dass sie sich auf gefährlichem Terrain befand. Dass jede falsche Bewegung sie und ihre Familie in den Ruin treiben konnte.

„Ach, was soll's", murmelte sie leise vor sich hin, als sie an einem Schaufenster vorbeiging und ihr eigenes Spiegelbild darin sah. „Ein bisschen Risiko gehört doch zum Leben dazu, nicht wahr?"

Als sie endlich wieder vor dem großen Tor des Ventworth-Anwesens stand, hatte sie ihre Nervosität gut versteckt. Sie schlüpfte leise ins Haus, wo ihr das vertraute Knarren der alten Dielen entgegenkam. Ihre Mutter war nirgendwo zu sehen, und sie atmete erleichtert auf, als sie die Stufen zu ihrem Zimmer hinaufstieg. Es war, als hätte sie ein geheimes Abenteuer hinter sich – eines, das niemand ahnte, und das doch alles verändern könnte.

Sie setzte sich auf ihren Sessel am Fenster, zog die Vorhänge ein wenig zur Seite und beobachtete die Passanten, die unten auf der Straße vorbeihasteten. Ihre Finger fuhren unbewusst über den leeren Platz auf dem Schreibtisch, wo bis vor kurzem ihr Manuskript gelegen hatte. Sie schloss die Augen und stellte sich vor, wie jemand ihre Worte las, wie ein leises Kichern oder ein empörtes Aufkeuchen in einem der prächtigen viktorianischen Salons erklang.

„Bald, sehr bald, wird die Stadt über mich sprechen, und niemand wird es wissen", dachte sie und spürte, wie sich ein triumphierendes Lächeln auf ihren Lippen breit machte. Die Aufregung war immer noch da, aber jetzt, zurück in ihrem sicheren Versteck, fühlte sie sich wie eine Königin, die ihr nächstes Schachspiel plante.

Ivory wusste, dass noch viele Herausforderungen vor ihr lagen, dass die Gefahr noch lange nicht gebannt war. Doch heute, in diesem Moment, genoss sie den Geschmack des Sieges. Sie hatte einen Schritt in die Freiheit gewagt, einen Schritt auf einem Weg, der sie entweder ins Verderben oder zu einem neuen Leben führen würde.

Und egal, was kommen mochte – sie würde diesen Schritt nie bereuen.

Kapitel 13

Die ersten Exemplare von „Die verbotene Leidenschaft" waren kaum aus der Druckerpresse gekommen, da begannen die ersten Wellen durch die Straßen Londons zu rollen. Die Buchhändler, die den Roman diskret zwischen religiösen Traktaten und Lyriksammlungen versteckt hatten, sahen sich bald von neugierigen Kunden umringt, die einen Blick auf das neue, anstößige Werk werfen wollten.

Ivory konnte sich ein breites Grinsen nicht verkneifen, als sie bei einem Spaziergang durch die Stadt mit eigenen Augen sah, wie sich eine kleine Menschenmenge um das Schaufenster einer Buchhandlung drängte. Drinnen las ein junger Mann mit geröteten Wangen und einer fieberhaften Eile die ersten Seiten ihres Romans, während der Buchhändler nervös die Straße hinauf- und hinunterschaute, als könnte jeder Moment ein moralischer Aufruhr losbrechen.

„Ach, wie herrlich", dachte Ivory, als sie sich in ihren Mantel wickelte und lächelnd weiterging. Niemand hier ahnte, dass die Dame in der eleganten, aber unauffälligen Kleidung die Autorin des neuesten Skandals in der Stadt war. Sie genoss die Vorstellung, wie sie unerkannt durch die Straßen schlenderte, während ihre Worte auf der anderen Seite der Schaufenster die Gemüter erhitzten.

Es dauerte nicht lange, bis die ersten Kommentare die Runden machten. Sie hörte sie in den Flüstern der feinen Damen bei einem Tee im Salon, in den hinter vorgehaltener Hand getuschelten Gesprächen der Dienstmädchen und in den lauten, empörten Stimmen der älteren Herren in den Clubs. „Dieses Buch ist eine Beleidigung für den guten Geschmack", hörte sie einen alten Gentleman poltern, dessen schockierte Miene und hochrote Ohren darauf schließen ließen, dass er selbst wohl mehr als nur eine Seite gelesen hatte.

Ivory versteckte ein Kichern hinter ihrem Handschuh, als sie an der offenen Tür des Clubs vorbeiging. „Ah, ja, Lord Burnett, erzählen Sie uns mehr davon, wie sehr Sie dieses Buch verachten, während Sie heimlich jede Zeile verschlingen." Sie malte sich aus, wie die Herren mit ihren dicken Bäuchen und den prätentiösen Schnurrbärten heimlich die Seiten umblätterten, während sie mit den Fingern über die pikantesten Absätze strichen.

Doch es waren nicht nur die Herren, die sich ertappt fühlten. Die Damen der Gesellschaft waren vielleicht noch betroffener von der literarischen Bombe, die Ivory gezündet hatte. Während eines der wenigen gesellschaftlichen Ereignisse, bei denen sie gezwungen war, zu erscheinen, hörte sie Lady Ashworth, die sich immer als Verkörperung der Tugendhaftigkeit gab, mit dramatischer Empörung verkünden: „Ich würde dieses Buch niemals in die Hände nehmen. Es ist einfach zu schändlich!"

Ivory, die einen Schluck ihres Tees nahm und dabei unauffällig zuhörte, musste sich auf die Zunge beißen, um nicht laut loszulachen. Die Worte klangen in ihren Ohren wie Musik, besonders weil sie sich sehr gut daran erinnerte, dass Lady Ashworth vor zwei Tagen eines der Exemplare beim Buchhändler gekauft hatte, während sie sich verstohlen umblickte. „Vielleicht sollten Sie den Roman wenigstens zu Ende lesen, bevor Sie ihn so öffentlich verurteilen, liebe Lady Ashworth", dachte sie amüsiert.

Die größte Genugtuung jedoch kam, als sie eines Morgens in einem der Cafés eine Zeitung aufschlug und auf der zweiten Seite eine empörte Rezension las: „Ein Werk von zweifelhaftem Charakter hat sich seinen Weg in die Salons unserer Stadt gebahnt, unter dem anstößigen Titel ‚Die verbotene Leidenschaft', verfasst von einer mysteriösen ‚Violet LaFleur'. Wer ist diese Frau, die es wagt, solche Geschichten in Umlauf zu bringen? Man sagt, dass ihr Werk pikant und von gefährlicher Leidenschaft durchzogen ist, und doch... es ist bedauerlicherweise schwer, die Lektüre aus der Hand zu legen."

Ivory konnte ihre Freude kaum zügeln, als sie diese Worte las. Sie stellte sich vor, wie der Verfasser der Rezension selbst tief in den Samtpolstern seines Sessels versunken war, während er Kapitel um Kapitel verschlang, bevor er sich gezwungen fühlte, seine Empörung niederzuschreiben. Es war perfekt. Genau das, was sie erreichen wollte. Ein Werk, das die Menschen gleichermaßen faszinierte und schockierte.

Und der Erfolg zeigte sich nicht nur in den Gesprächen und Kritiken. Bereits nach wenigen Tagen erhielt sie eine Nachricht von Mister Aldridge, in der er ihr die ersten Einnahmen übermittelte – sorgfältig versteckt in einem Umschlag, der so unscheinbar war, dass selbst die neugierigste Zofe nichts Verdächtiges daran gefunden hätte. Ivory öffnete den Umschlag in ihrem Zimmer und ließ die Münzen über ihre Finger rieseln, während sie die Genugtuung genoss. Diese Münzen bedeuteten Freiheit. Sie waren der Beweis dafür, dass sie nicht auf Alfreds Gnade oder die Heiratspläne ihrer Mutter angewiesen war.

Sie legte den Umschlag zurück in die kleine Kassette, die sie unter einer losen Diele ihres Schreibtisches versteckte. Dort lag ihr Schatz, sicher verborgen vor allen neugierigen Augen im Haushalt. Ivory fühlte, wie ihre Entschlossenheit wuchs, während sie das Holzbrett wieder sorgfältig an seinen Platz drückte. Es war erst der Anfang. Und sie hatte noch so viele Geschichten in ihrem Kopf, die nur darauf warteten, geschrieben zu werden.

Als sie sich zurück an ihren Schreibtisch setzte, zogen ihre Gedanken bereits wieder zu neuen Ideen, neuen Romanzen, neuen Dramen. „Wie wäre es mit einem schottischen Highlander, der eine Engländerin entführt?", dachte sie mit einem schelmischen Lächeln. „Oder vielleicht eine verbotene Liebe zwischen einer Witwe und dem besten Freund ihres verstorbenen Mannes?"

Sie lehnte sich zurück und ließ ihre Fantasie spielen. „Vielleicht könnte ich eine junge, rebellische Heldin erschaffen, die sich weigert, in eine arrangierte Ehe einzuwilligen – was für ein Skandal das geben würde!" Sie konnte sich förmlich vorstellen, wie die Leserinnen in ihren teuren Salons die Luft anhielten, wenn die Heldin sich im letzten Moment gegen den ungeliebten Ehemann entschied und stattdessen ihrem Herzen folgte. „Oh, ja, das wäre ein Schlag ins Gesicht der moralischen Konventionen."

Während sie sich Notizen machte und neue Szenen in ihrem Kopf zu formen begann, fühlte Ivory, wie ihre Erschöpfung von den letzten Wochen nachließ. Es war, als hätte sie endlich ihren Platz gefunden, als wäre sie zu etwas zurückgekehrt, das sie verloren geglaubt hatte. Ja, sie ging ein Risiko ein, und ja, es gab keine Garantie, dass sie damit durchkommen würde. Aber die Aufregung, die Freiheit, die sie bei jedem Wort, bei jeder Zeile spürte, die sie schrieb – das war es wert.

In den nächsten Tagen beobachtete sie die Reaktionen auf ihr Buch weiterhin mit scharfem Blick. Sie achtete auf die verschämten Blicke der jungen Damen, die in den Ecken der Salons tuschelten, auf die gereizten Diskussionen in den Clubs und auf die immer wiederkehrenden Fragen: „Wer ist Violet LaFleur?"

Sie stellte sich vor, wie sich die wildesten Gerüchte über diese geheimnisvolle Autorin verbreiteten – dass sie eine Witwe war, die ihr Herz an einen unwürdigen Liebhaber verloren hatte, dass sie eine ehemalige Schauspielerin war, die sich nun in die Gesellschaft zurückzuschleichen versuchte, oder dass sie vielleicht sogar ein Mann war, der sich hinter einem weiblichen Pseudonym versteckte. Jede dieser Vermutungen brachte sie innerlich zum Lachen, denn keine von ihnen hätte weiter von der Wahrheit entfernt sein können.

„Oh, wenn sie nur wüssten", dachte sie und schüttelte amüsiert den Kopf, während sie die Szene vor sich sah. „Wenn sie nur wüssten, dass Violet LaFleur nichts weiter ist als eine gelangweilte Dame aus gutem Hause, die in ihrem Zimmer sitzend von Abenteuern und Geheimnissen träumt." Sie schloss die Augen und lehnte sich zurück, lauschte den gedämpften Geräuschen des Haushalts und fühlte, wie ihre eigenen Pläne sich immer weiter formten.

Sie wusste, dass sie nicht ewig im Verborgenen bleiben konnte, dass irgendwann jemand beginnen würde, Fragen zu stellen. Aber noch war dieser Tag weit entfernt, und sie hatte noch viel Zeit, sich ihrer geheimen Rolle als Autorin hinzugeben. „Also gut, London", dachte sie und hob den Füllfederhalter, „wir sind noch lange nicht am Ende. Das Spiel hat gerade erst begonnen."

Kapitel 14

In einem der edlen Clubs Londons, in denen die feinen Herren sich gern bei einem Glas Brandy und einer Zigarre zurücklehnten, saß James Huntington und blätterte in einem unscheinbaren, aber ungemein fesselnden Buch. Zwischen den Gesprächen über die neusten politischen Entwicklungen und den Spekulationen über Aktienkurse war ihm das Buch bereits mehrfach aufgefallen. Ein neuer Roman, der selbst in diesen Kreisen die Gemüter erhitzte – „Die verbotene Leidenschaft" von einer gewissen „Violet LaFleur". Es war nicht seine übliche Lektüre, das musste er zugeben, doch als er die ersten Seiten gelesen hatte, war er förmlich verschlungen worden.

James nahm einen weiteren Schluck seines Brandys, während er eine der Seiten umblätterte und die Worte in sich aufsog. Diese Violet LaFleur – wer auch immer sie war – verstand es, ihre Leser in eine Welt zu entführen, die zwischen gefährlicher Leidenschaft und der strengen Moral der viktorianischen Gesellschaft balancierte. Es war mehr als nur ein skandalöser Roman, es war eine stille Rebellion, elegant verpackt in die Schicksale von fiktiven Figuren.

„Wer ist sie, diese Violet LaFleur?", dachte er und legte das Buch auf den Tisch vor sich, während er auf den Rauch seiner Zigarre blickte, der sich langsam in die Luft kringelte. Seine Gedanken drifteten ab, weg von den Gesprächen der anderen Herren, und er konzentrierte sich ganz auf diese eine Frage. Er wusste, dass dieser Roman mehr war als nur eine unterhaltsame Lektüre. Er war eine Herausforderung an die Grundfesten der Gesellschaft. Ein versteckter Kampf, der sich zwischen den Zeilen abspielte.

Es war ein Talent, das er unbedingt für seine Zeitung gewinnen wollte. „Stellen Sie sich vor, was sie für uns tun könnte", murmelte er gedankenverloren vor sich hin, und seine Gedanken begannen, sich zu überschlagen. Er sah die Schlagzeilen vor sich, die seine Zeitung auf ein neues Niveau heben würden. Eine anonyme Kolumne, geschrieben von einer Frau, die die

Gesellschaftsordnung von innen heraus in Frage stellte. Diese Idee könnte das Blatt von allen anderen abheben. Doch zuerst musste er sie finden.

James Huntington war nicht umsonst einer der gefragtesten Redakteure Londons. Er wusste, wie man Informationen beschaffte, und er wusste, wie man sich an die richtigen Leute hielt. Er ließ das Buch in seiner Tasche verschwinden und machte sich auf den Weg zur Redaktion, die er wie sein eigenes Zuhause kannte. In seinem Büro angekommen, öffnete er seine Notizbücher und begann, seine Gedanken zu ordnen.

„Aldridge & Co. Verleger", murmelte er, während er sich die Adresse des Verlags notierte, die im Impressum des Buches zu finden war. Es war ein kleines, unbedeutendes Verlagshaus, das bisher keine großen Wellen geschlagen hatte – bis jetzt. „Eine solche Entdeckung macht man nicht alle Tage", dachte er und spürte die Aufregung, die ihn immer ergriff, wenn er einem Geheimnis auf der Spur war.

Am nächsten Tag, noch bevor die Sonne richtig über den Dächern Londons stand, machte sich James auf den Weg zu Aldridge & Co. Es war ein trüber Morgen, und die Stadt lag unter einer Decke aus feinem Nebel, der die Konturen der Gebäude weichzeichnete. Doch James hatte nur ein Ziel vor Augen, und er ließ sich von der grauen Kälte nicht ablenken. Er wusste, dass er schnell handeln musste – eine so brisante Entdeckung durfte nicht in die Hände der Konkurrenz fallen.

Das Verlagshaus selbst war genauso unscheinbar, wie er es sich vorgestellt hatte. Die Fassade bröckelte, und das Schaufenster war beschlagen, als hätte es lange keinen Anstrich mehr gesehen. James schob die Tür auf, und eine Glocke über ihm bimmelte schrill, als er eintrat. Der Raum war gefüllt mit dem Geruch von alten Büchern und Tinte, und hinter einem riesigen Stapel Manuskripte erhob sich Mister Aldridge, dessen Gesichtsausdruck irgendwo zwischen überrascht und besorgt schwankte, als er den gut gekleideten Besucher erblickte.

„Mister Huntington", sagte James mit einem Lächeln, das gleichzeitig freundlich und berechnend war. „Ich habe einige Fragen zu einem Buch, das Sie kürzlich veröffentlicht haben."

Aldridge hob eine Augenbraue und stieß ein unsicheres Lachen aus. „Oh, Mister Huntington, ich bin mir nicht sicher, ob ich Ihnen da weiterhelfen kann. Unsere Autoren sind... nun ja, oft sehr diskret."

James schob eine Hand in die Tasche seines Mantels und zog eine kleine Rolle Banknoten hervor, die er mit geübter Lässigkeit auf den Tisch legte. „Diskretion, Mister Aldridge, ist natürlich wichtig. Aber manchmal überwiegt die Neugier, nicht wahr?"

Der Verleger schluckte hörbar und ließ seinen Blick zwischen den Banknoten und dem stechenden Blick von James hin und her wandern. Er zögerte, doch dann senkte er die Schultern, wie ein Mann, der weiß, dass er verloren hat. „Nun gut, Mister Huntington. Aber Sie müssen versprechen, dass Sie es niemandem weitersagen. Die Autorin hat sehr deutlich gemacht, dass sie anonym bleiben möchte."

James unterdrückte ein triumphierendes Lächeln, während Aldridge eine kleine Notiz aus einer Schublade zog und sie ihm über den Tisch schob. James nahm den Zettel in die Hand und las die Worte, die darauf standen. Sein Herz schlug schneller, als er die Tinte auf dem Papier sah: „Ivory Ventworth."

Er blinzelte überrascht, ließ sich jedoch nichts anmerken. Diese Wendung hatte er nicht erwartet. Ivory Ventworth, die Tochter einer angesehenen, aber inzwischen etwas verarmten Familie, die für ihre gesellschaftlichen Auftritte bekannt war, sollte hinter einem solch skandalösen Buch stecken? Es war, als hätte ihm das Schicksal einen doppelten Joker in die Hand gespielt. Ein Name, der in den besten Kreisen bekannt war, und ein Werk, das die Moralvorstellungen dieser Kreise herausforderte.

Er verstaute den Zettel in seiner Tasche und nickte Aldridge dankend zu. „Sie haben mir sehr geholfen, Mister Aldridge. Und keine Sorge, Ihre Anonymität ist bei mir in sicheren Händen." Er warf dem Verleger ein letztes Lächeln zu und verließ das kleine Büro, das Gefühl des Triumphes wie ein leises Kitzeln in seinen Fingerspitzen.

Draußen auf der Straße atmete James tief ein, und ein Lächeln breitete sich auf seinen Lippen aus, als er in den dichten Londoner Nebel trat. Er konnte sich das Schmunzeln nicht verkneifen, als er an die Szene dachte, die sich vermutlich abspielen würde, wenn die feine Gesellschaft erfuhr, dass die unschuldige Ivory Ventworth die Feder hinter „Die verbotene Leidenschaft" führte. Es war ein Geheimnis, das ganz London in helle Aufregung versetzen würde.

Aber er wusste, dass er klüger handeln musste. Er konnte diesen Skandal in der Hinterhand behalten, als sein Ass im Ärmel. Zuerst musste er die junge Dame treffen und herausfinden, was sie wirklich vorhatte. War sie nur eine rebellische Seele, die sich den Zwängen der Gesellschaft entziehen wollte? Oder hatte sie Ambitionen, die über die Literatur hinausgingen?

Ein Plan formte sich in seinem Kopf, und er entschied, dass er sich Zeit nehmen würde. Ein Besuch bei den Ventworths war gewagt, aber notwendig. Er würde es geschickt angehen, vielleicht unter dem Vorwand eines journalistischen Interesses an ihrer Familie. Ja, so würde er ihr näherkommen – und herausfinden, ob die Frau hinter Violet LaFleur bereit war, sich auf seine Ideen einzulassen.

Und während er durch die nebligen Straßen Londons zurück zu seinem Büro schritt, konnte er sich das Lächeln nicht verkneifen, das sich auf seinen Lippen ausbreitete. „Ivory Ventworth", murmelte er vor sich hin, als ob der Name eine Art Zauber in sich trüge. „Ich glaube, Sie und ich haben einiges zu besprechen."

Kapitel 15

Die eleganten Töne des Orchesters hallten durch den prächtigen Ballsaal, und die Lichter der Kronleuchter funkelten wie unzählige kleine Sterne über den Köpfen der Gäste. Ein Duftgemisch aus Parfüm und frischen Blumen lag in der Luft, und das leise Rascheln der Seidenröcke vermischte sich mit dem gedämpften Klirren von Champagnergläsern. Der Ball der Familie Beckford war eines der wichtigsten gesellschaftlichen Ereignisse der Saison, und die Londoner Elite ließ es sich nicht nehmen, in voller Pracht zu erscheinen.

Doch heute war der Abend für James Huntington mehr als nur ein gesellschaftliches Pflichtprogramm. Als er durch die schweren Türen in den Saal trat, huschte ein Lächeln über seine Lippen. Er ließ den Blick über die Menge schweifen, sein scharfes Auge nahm jedes Detail auf – die koketten Lächeln, die neugierigen Blicke, die leeren Konversationen über die neusten Klatschgeschichten. Ein schauspielerisches Spektakel, das sich jeden Abend aufs Neue wiederholte.

„Wie viele Geheimnisse wohl in diesem Raum verborgen sind?", dachte er amüsiert, während er die Männer und Frauen betrachtete, die sich in ihren besten Kleidern und Anzügen zur Schau stellten. Doch heute suchte er nur nach einem Geheimnis, einem ganz besonderen – der Frau, die sich hinter dem Pseudonym Violet LaFleur verbarg.

Er hatte sich über die Gästeliste informiert, und die Ventworths waren natürlich anwesend. Er wusste, dass er nur eine kurze Zeit haben würde, bevor die Pflicht zur Smalltalk die Oberhand gewann, aber er wollte sich Zeit lassen, sie zunächst unbemerkt zu beobachten. Und da entdeckte er sie.

Ivory Ventworth stand ein wenig abseits der großen Tanzfläche, an der Seite ihrer Mutter und ihrer Schwester Clara. Ihr Kleid war von einem zarten Champagnerton, der ihre hellen Locken und die elfenbeinfarbene Haut betonte, und sie wirkte fast so, als sei sie selbst ein Stück aus einem der

Porzellanschätze, die man hinter Glas aufbewahrte. Doch in ihren Augen, die aufmerksam das Geschehen im Saal verfolgten, lag ein Ausdruck, der nicht zur Rolle der passiven Schönheit passte. Eine Wachsamkeit, die neugierig und wach war.

James musste sich ein Schmunzeln verkneifen. „Also das ist sie, die Rebellin der Londoner Literaturszene", dachte er amüsiert und ließ seinen Blick kurz über ihre grazile Gestalt gleiten. Er hatte sich vorgestellt, dass eine Frau mit diesem Schreibstil vielleicht eine exzentrische Erscheinung haben würde – doch da stand eine elegante, fast schon zarte junge Dame, die so gar nicht zu dem Bild passen wollte, das er sich von ihr gemacht hatte. Und gerade das faszinierte ihn umso mehr.

Er lehnte sich an eine der Marmorsäulen und beobachtete sie eine Weile aus der Entfernung. Wie sie lächelte und nickte, höflich und angemessen, während ihre Mutter über die Feinheiten der Tischdekoration im neuen Restaurant in der Nähe der Fleet Street sprach. Doch er sah, wie ihre Finger ungeduldig den Fächer drehten, wie ihr Blick immer wieder über die Köpfe der Gäste wanderte. Sie hatte etwas Rastloses an sich, ein Feuer, das hinter der Maske der Höflichkeit brannte. Und James wusste sofort: Sie war mehr als die gut erzogene Dame, als die sie sich gab.

„Es wird Zeit, Hallo zu sagen", beschloss er und richtete sich auf, glättete seinen Frack und setzte sein charmantestes Lächeln auf. Er schritt durch den Raum, mit der Sicherheit eines Mannes, der es gewohnt war, in jeder Gesellschaft seinen Platz einzunehmen. Als er sich näherte, spürte er, wie Ivorys Blick ihn erfasste, kurz bevor er vor ihr stehen blieb und eine tiefe Verbeugung andeutete.

„Miss Ventworth, es ist mir eine Freude, Sie kennenzulernen", sagte er mit einem Lächeln, das leicht, fast spielerisch wirkte, doch in seinen Augen lag ein herausfordernder Glanz. „James Huntington, Redakteur des ‚London Gazetteer'. Ich habe schon viel von Ihnen und Ihrer Familie gehört."

Ivory hob leicht eine Augenbraue, und für einen Moment huschte ein Schatten der Überraschung über ihr Gesicht. Doch sie fing sich schnell und erwiderte sein Lächeln höflich. „Mister Huntington, es ist mir eine Ehre. Ich glaube, Ihre Zeitung ist einer der führenden Stimmen Londons, wenn es um Neuigkeiten und... gesellschaftliche Angelegenheiten geht."

„Ah, ja, die üblichen Angelegenheiten des Tages", erwiderte James und ließ den Blick ganz zufällig über die Menge schweifen, während er die Andeutung eines Grinsens auf den Lippen behielt. „Doch manchmal, Miss Ventworth, hat man das Bedürfnis, etwas Außergewöhnliches zu erleben. Etwas, das sich von der täglichen Routine abhebt."

Ivory bemerkte die kleine Spitze in seinen Worten, und ihre Augen verengten sich leicht. Sie konnte nicht genau sagen, warum, aber etwas an diesem Mann machte sie nervös. Er schien mehr zu sehen, als er sagen wollte, und seine Art, sie mit einem Blick zu mustern, als könnte er hinter die höfliche Fassade sehen, ließ sie sich unbehaglich fühlen. „Oh, ich kann mir vorstellen, dass Sie in Ihrer Arbeit hin und wieder auf aufregende Geschichten stoßen, Mister Huntington", entgegnete sie mit einem leichten Lächeln, das ihre Vorsicht überspielen sollte.

„In der Tat, Miss Ventworth. Aber manchmal kommen die aufregendsten Geschichten aus ganz unerwarteten Quellen", antwortete James, und seine Augen funkelten, während er sie ansah. Für einen Moment schien die Luft zwischen ihnen zu knistern, als ob ihre Worte mehr Gewicht trügen, als es die anderen im Raum ahnten.

Ivory spürte, wie sich ihre Finger um den Fächer in ihrer Hand verkrampften, und zwang sich, ruhig zu bleiben. Sie konnte nicht genau sagen, was er meinte, doch sie spürte, dass hinter seinem charmanten Lächeln mehr lauerte – eine Art Spiel, bei dem sie noch nicht alle Regeln kannte. „Es freut mich zu hören, dass Sie auch abseits der üblichen Pfade nach Geschichten suchen, Mister Huntington", sagte sie schließlich und neigte leicht den Kopf. „Das ist eine seltene Eigenschaft in unserer Gesellschaft."

„Man muss neugierig bleiben, Miss Ventworth, um das wirklich Wichtige zu entdecken", antwortete er, und in seinem Tonfall lag eine Schärfe, die sie nur noch mehr beunruhigte. „Und manchmal begegnet man dabei Persönlichkeiten, die... wie soll ich sagen... mehr Facetten haben, als man auf den ersten Blick vermuten würde."

Ivory lächelte, aber ihr Inneres war aufgewühlt. Was wusste er? Warum schien es, als würde er durch sie hindurchsehen? Ihre Gedanken überschlugen sich, und doch spürte sie, dass sie sich nicht zurückziehen wollte. Nein, etwas an ihm zog sie in diese unbestimmte, gefährliche Nähe, selbst wenn jede Faser ihres Verstandes sie warnte, vorsichtig zu sein.

„Nun, Mister Huntington, ich hoffe, dass Ihre Suche nach aufregenden Geschichten Ihnen nicht zu viele schlaflose Nächte bereitet", erwiderte sie schließlich mit einer Mischung aus Ironie und Anspannung, während sie ihn fest ansah. „Manchmal sind die einfacheren Dinge im Leben doch am befriedigendsten, finden Sie nicht?"

„Ah, aber wo bliebe dann der Reiz, Miss Ventworth?", sagte James leichthin, aber der Ausdruck in seinen Augen blieb ernst. „Manchmal sind es gerade die schlaflosen Nächte, die den Geist wach halten. Die Momente, in denen man weiß, dass man einer Wahrheit ganz nahe ist, die sonst im Dunkeln bleibt."

Ihre Blicke trafen sich, und für einen Moment schien die Welt um sie herum stillzustehen. Es war, als würde ein unsichtbares Band sie miteinander verbinden, eine Spannung, die beide spürten, auch wenn sie nicht benennen konnten, was sie bedeutete. Ivory wusste, dass sie in ihm einen gefährlichen Gegenspieler gefunden hatte – aber auch einen, der sie auf eine Weise faszinierte, die sie sich nicht eingestehen wollte.

„Vielleicht, Mister Huntington, haben Sie Recht. Vielleicht sind die aufregenden Geschichten wirklich die, die uns den Schlaf rauben", sagte sie schließlich und zwang sich zu einem Lächeln. „Aber ich fürchte, ich muss mich wieder meiner Familie widmen. Es war mir eine Freude, mit Ihnen zu sprechen."

„Ganz meinerseits, Miss Ventworth. Ich hoffe, dass wir uns bald wiedersehen", antwortete James und verneigte sich leicht, ohne den Blick von ihr abzuwenden. Als er sie gehen ließ, wusste er, dass dies nur der Anfang eines Spiels war, das sich noch weiter entfalten würde.

Ivory wandte sich ab und ging zurück zu ihrer Mutter und Clara, doch in ihrem Inneren war sie aufgewühlt. Etwas an diesem Mann war anders, etwas an ihm ließ sie sich so fühlen, als hätte er bereits eine Ahnung von ihren Geheimnissen. Sie wusste, dass er gefährlich war, nicht im offensichtlichen Sinn, sondern auf eine Art, die ihr Verstand herausforderte. Und dennoch – oder vielleicht gerade deswegen – fühlte sie sich merkwürdig angezogen von ihm.

Während sie sich wieder in die Gesellschaft ihrer Familie begab, spürte sie, wie ihre Mutter sie mit einem prüfenden Blick musterte. „Wer war das, Ivory?", fragte sie mit einer Neugier, die sich kaum verbergen ließ. „Er sah mir nicht wie ein üblicher Verehrer aus."

Ivory zuckte leicht mit den Schultern und setzte ein beiläufiges Lächeln auf. „Oh, nur ein Redakteur, der sich für unsere Familie interessiert. Vermutlich will er etwas über die jüngsten Bälle und die modischen Neuigkeiten berichten." Sie bemühte sich, so gleichgültig wie möglich zu klingen, doch in ihrem Inneren spürte sie, wie sich ein unsichtbarer Knoten bildete, ein Gefühl der Unruhe, das sie nicht loswerden konnte.

Clara, die neben ihrer Mutter stand und über die Schulter eines jungen Herrn lachte, warf ihrer Schwester einen neugierigen Blick zu. „Er sah aus, als hätte er mehr im Sinn als nur die neueste Mode", neckte sie und zwinkerte ihr zu. „Vielleicht hast du endlich jemanden gefunden, der dein Herz schneller schlagen lässt, Ivory?"

„Kaum", erwiderte Ivory trocken, aber ihre Gedanken blieben bei James Huntington. Es war nicht zu übersehen, dass er sie mit einer intensiven Aufmerksamkeit beobachtet hatte, die ihr selbst im Trubel des Balls aufgefallen war. Doch was wollte er von ihr? Was suchte er in ihr? Die Fragen kreisten wie Mücken um ihren Kopf, während sie versuchte, sich wieder auf das höfliche Lächeln und die oberflächlichen Gespräche des Abends zu konzentrieren.

James hingegen trat zurück in die Menge, aber seine Gedanken waren weiterhin bei der jungen Frau, die sich so tapfer hinter ihrer höflichen Fassade verbarg. Er konnte die Nervosität in ihrem Blick spüren, die Art, wie sie seine Fragen analysierte, wie sie versuchte, die Kontrolle zu behalten. Und doch hatte er auch das Funkeln in ihren Augen gesehen, das auf etwas viel Tieferes hindeutete – eine Leidenschaft, die in ihren Worten und in ihrem Blick verborgen lag, wenn sie dachte, dass niemand sie bemerkte.

„Oh, Miss Ventworth", dachte er amüsiert, während er sich an einen Tisch lehnte und ein Glas Champagner nahm, „ich glaube, Sie unterschätzen mich. Aber keine Sorge, ich habe alle Zeit der Welt, um Sie besser kennenzulernen."

Er nahm einen tiefen Schluck aus seinem Glas und ließ seinen Blick wieder über den Saal schweifen, aber immer wieder kehrte er zu Ivory zurück, die nun mit einem älteren Herrn sprach, der sie offenkundig langweilte. James musste schmunzeln, als er sah, wie Ivory sich bemühte, ihre Ungeduld hinter einem freundlichen Lächeln zu verbergen. Er konnte sich vorstellen, was in ihrem Kopf vor sich ging, welche bissigen Bemerkungen sie zurückhielt.

Und während er sie beobachtete, erkannte er, dass sie mehr als nur eine talentierte Schriftstellerin war, die er für seine Zeitung gewinnen wollte. Sie war eine Herausforderung, eine Frau, die sich nicht in die engen Schranken ihrer Zeit fügen wollte, und genau das machte sie so faszinierend. Er fühlte eine Art Jagdfieber, das er lange nicht mehr gespürt hatte, eine Spannung, die ihn dazu drängte, ihr näherzukommen, sie besser kennenzulernen, und – wenn er ehrlich war – vielleicht auch, sie zu erobern.

Ivory versuchte derweil, die Gespräche um sich herum zu verfolgen, doch ihre Gedanken wanderten immer wieder zu James zurück. Sie konnte nicht leugnen, dass seine selbstbewusste, fast spöttische Art etwas in ihr weckte, eine Mischung aus Ärger und Neugier. Er schien mehr zu wissen, als er preisgab, und sie konnte nicht einschätzen, ob er eine Bedrohung oder eine unerwartete Unterstützung für sie sein könnte.

„Wer bist du, James Huntington?", dachte sie, während sie die Musik des Orchesters im Hintergrund kaum noch wahrnahm. „Und was willst du von mir?"

Es war eine Frage, die sie nicht losließ, selbst als der Abend weiter voranschritt und sie mit Clara und ihrer Mutter den Ball verließ. Die Kutsche ratterte über die holprigen Straßen, und ihre Mutter sprach eifrig über die neuesten Klatschgeschichten, während Clara verträumt aus dem Fenster blickte. Doch Ivory saß still, die Gedanken fest bei dem geheimnisvollen Redakteur, der ihre innere Ruhe so unerwartet durcheinander gebracht hatte.

Als sie endlich in ihrem Zimmer stand und die schwere Ballrobe ablegte, sah sie sich im Spiegel an. Das Bild, das ihr entgegenblickte, war das einer jungen Frau mit zerzausten Locken und geröteten Wangen, die viel mehr bewegte, als sie sich an diesem Morgen hätte vorstellen können. Sie presste die Lippen zusammen und ging hinüber zu ihrem Schreibtisch, wo die Notizen für ihren nächsten Roman lagen.

„Ich werde nicht zulassen, dass er mir gefährlich wird", murmelte sie zu sich selbst, während sie die Papiere durchblätterte. „Was auch immer er über mich herausgefunden hat, ich werde mich nicht einschüchtern lassen. Nicht von ihm, nicht von sonst jemandem."

Doch als sie sich in ihr Bett legte und die Dunkelheit des Zimmers sie umschloss, konnte sie nicht verhindern, dass sich ein Gedanke in ihr festsetzte, der sie noch lange wach hielt: Was, wenn dieser Mann sie wirklich durchschaute? Was, wenn er der Einzige war, der sie wirklich verstand? Und warum, bei allem, was ihr lieb war, fühlte sie sich bei dieser Vorstellung nicht nur bedroht, sondern auch merkwürdig... aufgeregt?

Kapitel 16

Als Ivory nach dem Ball die Tür ihres Zimmers hinter sich schloss, atmete sie tief durch und versuchte, die Anspannung des Abends abzuschütteln. Das Geräusch der Kutsche, die sich langsam vom Anwesen entfernte, verhallte in der Dunkelheit, und die Stille des Hauses wirkte beinahe drückend nach all dem Lachen, den Gesprächen und dem gedämpften Klirren der Champagnergläser.

Doch kaum hatte sie sich hingesetzt, um endlich ihren Gedanken nachzuhängen, wurde ihre Tür erneut geöffnet. Clara steckte neugierig den Kopf herein, ein schelmisches Grinsen auf den Lippen. „Ivory, ich wusste es, du bist noch wach!", flüsterte sie aufgeregt und schlüpfte durch die Tür, bevor Ivory sie zurückhalten konnte. „Du wirst mir doch nicht verwehren, über den Ball zu sprechen, oder?"

Ivory schüttelte den Kopf, doch ein kleines Lächeln stahl sich auf ihre Lippen, als sie Clara beobachtete, die sich mit Schwung auf ihr Bett setzte, das von den schweren Vorhängen umrahmt war. „Gut, gut, dann lass uns über den Ball sprechen, Schwesterchen", sagte sie mit gespielter Geduld und setzte sich neben Clara auf die Matratze, die unter ihrem Gewicht leicht nachgab.

Clara strahlte, ihre Augen leuchteten in der schwachen Kerzenbeleuchtung, und sie legte den Kopf schief. „Also, was hältst du von Mister Huntington, hm?", begann sie, ohne Umschweife auf den Punkt zu kommen. „Ich habe gesehen, wie er mit dir gesprochen hat, und wie er dich angesehen hat. Da war etwas in seinem Blick, Ivory, etwas... besonderes."

Ivory verschränkte die Arme vor der Brust und lehnte sich gegen das Kopfteil des Bettes. „Ach, Clara, du siehst Gespenster, wo keine sind", sagte sie und versuchte, ihre Nervosität hinter einem leichten Lachen zu verbergen. „Er ist ein Redakteur, der vermutlich mehr Interesse an den neuesten Skandalen hat als an mir."

Doch Clara ließ sich nicht so leicht abschütteln. „Oh, ich glaube nicht, dass es nur das war", erwiderte sie mit einem wissenden Funkeln in den Augen. „Ich habe gesehen, wie er dich ansah, Ivory. So, als wollte er mehr über dich herausfinden, als nur das, was in der ‚London Gazette' steht. Und ehrlich gesagt, ich glaube, dass du ihn auch nicht ganz unbeeindruckt lässt."

Ivory drehte sich leicht zur Seite, als wolle sie den neugierigen Blicken ihrer Schwester entgehen. „Es ist komplizierter, als du denkst, Clara. Ich glaube nicht, dass es gut ist, zu viel hineinzuinterpretieren."

Clara zuckte nur mit den Schultern und drückte ihre Schwester einmal kurz an sich. „Vielleicht ist es das. Aber vielleicht ist es auch etwas, worüber du nachdenken solltest, bevor du es einfach abtust. Manchmal, Ivory, bringen die kompliziertesten Dinge die besten Überraschungen mit sich."

Mit diesen Worten ließ sie ihre Schwester allein und huschte aus dem Zimmer, die Tür hinter sich leise schließend. Ivory saß noch einen Moment lang still auf dem Bett und lauschte den langsam verhallenden Schritten im Flur. Dann atmete sie tief durch, stand auf und trat ans Fenster. Die kühle Nachtluft strömte durch den Spalt der geöffneten Flügel, und sie ließ den Blick über die schattigen Konturen des Gartens schweifen, der im Mondlicht glitzerte.

„Was soll ich nur mit dir anfangen, James Huntington?", murmelte sie leise zu sich selbst, während sie ihren eigenen Atem auf der kalten Fensterscheibe beobachtete. Das Bild von ihm schob sich wieder in ihre Gedanken – seine selbstbewusste Haltung, das spöttische Lächeln, das auf seinen Lippen tanzte, und diese Augen, die viel mehr sahen, als sie preisgaben.

Ivory schloss die Augen und lehnte sich an den Fensterrahmen. Sie konnte sich nicht daran erinnern, wann das letzte Mal ein Mann solche Gefühle in ihr geweckt hatte. Es war nicht nur seine Erscheinung, die sie faszinierte, sondern auch die Art, wie er sie betrachtete, als würde er ihre Geheimnisse erraten. Und vielleicht tat er das tatsächlich. Vielleicht wusste er bereits viel mehr, als sie ihm zugestehen wollte.

Sie schüttelte leicht den Kopf und versuchte, die Gedanken an ihn abzuschütteln. Es war töricht, sich so von einem Fremden einnehmen zu lassen, vor allem, wenn sie so viel zu verlieren hatte. Sie hatte einen Plan, einen gefährlichen, aber klaren Plan, und James Huntington gehörte nicht dazu.

„Konzentrier dich, Ivory", flüsterte sie sich selbst zu, „du hast keine Zeit für romantische Ablenkungen."

Aber ihre Worte hatten wenig Wirkung auf das wilde Klopfen ihres Herzens, das sich beschleunigte, jedes Mal, wenn sie an seine Nähe dachte. Daran, wie er mit dieser Mischung aus Neugier und Belustigung auf sie geblickt hatte. Und sie konnte nicht leugnen, dass etwas in seiner Gegenwart sie auf eine Weise herausforderte, wie es lange niemand mehr getan hatte.

Sie drehte sich vom Fenster weg und ging zu ihrem Schreibtisch, wo die Papiere ihres nächsten Romans verstreut lagen. Die Seiten lagen aufgeschlagen da, halb fertig, halb chaotisch, wie ein unvollendeter Gedanke. Sie setzte sich, griff nach der Feder und tunkte sie in das Tintenfass, um sich auf ihre Arbeit zu konzentrieren. Aber selbst die Worte, die sie so mühelos aufs Papier bringen konnte, wollten ihr heute Abend nicht gehorchen.

Stattdessen malte sie unbewusst kleine Wirbel in die Ränder der Seite, während ihre Gedanken wieder zu dem Mann auf dem Ball zurückwanderten. „Warum, James Huntington, musst du mir jetzt im Weg stehen?", fragte sie ins Leere, als könnte sie eine Antwort erwarten. Doch die einzige Antwort, die sie bekam, war die Stille der Nacht, durchbrochen vom leisen Ticken der Uhr auf ihrem Kamin.

Die Zeit verstrich, und Ivorys Gedanken wanderten immer wieder zu diesem Moment im Ballsaal zurück. Zu der Art, wie er sie herausgefordert hatte, ohne auch nur direkt auf ihre Geheimnisse einzugehen. Wie er sich so sicher gewesen war, dass er mehr wüsste, als er sagte, und wie sie selbst sich dabei ertappt hatte, mehr zu wollen – mehr von ihm, mehr von dieser stillen, fast elektrisierenden Spannung zwischen ihnen.

„Das ist verrückt", murmelte sie schließlich, legte die Feder weg und massierte sich die Schläfen. „Ich habe andere Sorgen. Ich sollte an den nächsten Roman denken, an die Möglichkeit, dass ich entdeckt werde... an alles, nur nicht an ihn."

Aber selbst als sie sich ins Bett legte und die Decke bis zur Nasenspitze hochzog, konnte sie das Bild nicht loswerden. Die Erinnerung an seinen Blick, die Art, wie sein Name sich in ihren Gedanken eingenistet hatte. Und tief in ihrem Inneren wusste sie, dass sie sich auf gefährliches Terrain begab – ein Terrain, auf dem nicht nur ihre Freiheit, sondern auch ihr Herz auf dem Spiel stand.

Ivory drehte sich von einer Seite auf die andere, unfähig, den Schlaf zu finden. Der Ball, die Blicke, die unausgesprochenen Worte – all das drehte sich in ihrem Kopf wie ein unaufhörlicher Tanz. Es war, als hätte er einen Teil von ihr berührt, den sie bisher tief verborgen gehalten hatte. Einen Teil, der sich nach etwas sehnte, das sie längst aufgegeben hatte – nach jemandem, der sie wirklich sah.

Und als die ersten Vögel draußen das Morgengrauen ankündigten und sie endlich in einen unruhigen Schlaf fiel, träumte sie von einem Ballsaal, von Musik und tanzenden Schatten, und von einem Mann, der sie anlächelte, als wüsste er genau, wer sie war.

Kapitel 17

Der Morgen war ungewöhnlich ruhig im Haus der Ventworths. Die übliche Geschäftigkeit des Personals und die leisen Anweisungen ihrer Mutter wirkten wie ein fernes Summen, während Ivory durch die Korridore des Anwesens schritt. Sie hatte sich vorgenommen, ihre Gedanken nach der schlaflosen Nacht zu sortieren, doch stattdessen fand sie sich plötzlich vor der Tür von Alfreds Arbeitszimmer wieder. Die Tür war nur einen Spalt breit offen, was nicht oft vorkam. Alfred hütete dieses Zimmer wie eine Festung und machte selten den Fehler, es unverschlossen zu lassen.

Ivory zögerte, doch ihre Neugier war stärker als die Vernunft. Sie schob die Tür weiter auf und betrat das dunkle Zimmer. Die schweren Vorhänge ließen kaum Licht hinein, und der Raum roch nach Leder, Tinte und Zigarren – alles Dinge, die so sehr zu Alfred passten. Sein Schreibtisch war wie immer aufgeräumt, jedes Dokument und jeder Stift an seinem Platz, aber auf der rechten Seite lagen ein paar Papiere, die unordentlich übereinander gestapelt waren, als hätte Alfred sie in Eile liegen lassen.

„Nur ein kurzer Blick", murmelte sie zu sich selbst, als sie die Blätter in die Hand nahm. Doch schon nach den ersten Zeilen erfasste sie eine Gänsehaut. Es waren Aufzeichnungen, Verträge und Korrespondenzen – alle mit dem Namen Cavendish. Je weiter sie las, desto klarer wurde das Bild: Da waren Hinweise auf zweifelhafte Investitionen, Beträge, die durch verschiedene Kanäle geflossen waren, und eine Serie von Unterschriften, die bezeugten, dass sich Lord Cavendish und Alfred in Geschäfte verwickelt hatten, die alles andere als legal wirkten.

„Was zum...", flüsterte sie und blätterte hastig weiter. Es war, als hätte sie eine Tür zu einer Welt geöffnet, von der sie bisher nichts geahnt hatte. Die Verbindungen zwischen ihrer Familie und den Cavendishs waren viel tiefer und gefährlicher, als sie sich jemals hätte vorstellen können. Und genau diese

Informationen – die verschwundenen Summen, die diskreten Überweisungen – waren das, was Lord Cavendish fest im Griff hielt. Es war mehr als nur ein einfacher Heiratsvertrag, es war eine Abhängigkeit, die ihre gesamte Familie gefährden konnte.

Ivorys Herz begann schneller zu schlagen. Das war es. Das war der Schlüssel zu ihrer Freiheit. Mit diesen Dokumenten könnte sie die Kontrolle über ihre eigene Zukunft zurückgewinnen. Sie konnte den Heiratsplänen mit Cavendish ein Ende setzen und vielleicht – vielleicht – sogar Alfreds Macht über sie brechen.

Doch bevor sie weiter darüber nachdenken konnte, wie sie diese Informationen nutzen könnte, hörte sie schwere Schritte im Flur. Schnell legte sie die Papiere zurück an ihren Platz, ließ ihren Blick noch einmal über den Raum schweifen und huschte aus der Tür, gerade rechtzeitig, bevor Alfred um die Ecke bog. Sie spürte, wie ihr Herz gegen ihre Rippen hämmerte, als sie sich den Anschein gab, als wäre sie einfach nur auf dem Weg zur Bibliothek.

Alfred bemerkte sie kaum, aber sein Gesichtsausdruck war grimmig, seine Augen funkelten vor Zorn, und seine Stirn lag in tiefen Falten. Er hatte die Nachrichten über Margarete Cavendish noch nicht verdaut, und die Wut kochte in ihm wie ein Sturm, der sich nicht mehr zurückhalten ließ.

„Diese verfluchten Royals", knurrte er innerlich, als er sich an seinen Schreibtisch setzte und sich an die Papiere machte, die Ivory gerade noch durchstöbert hatte. Seine Gedanken kehrten immer wieder zu der Szene zurück, die sich vor einigen Tagen abgespielt hatte, als er erfuhr, dass Margarete, die einzige Tochter von Lord Cavendish, sich mit Prinz Albert verlobt hatte. Der Moment, in dem ihm klar wurde, dass seine sorgfältig aufgebauten Pläne, sich durch eine Ehe mit der reichen Familie der Cavendishs zu bereichern, in sich zusammengefallen waren.

Margarete war seine Hoffnung gewesen. Eine Verbindung mit ihr hätte ihm nicht nur den gesellschaftlichen Aufstieg gesichert, den er sich immer gewünscht hatte, sondern auch eine solide finanzielle Grundlage, um seine eigenen Schulden zu tilgen. Aber jetzt – jetzt war alles verloren. Und warum? Weil ein verwöhnter Prinz sich plötzlich für Margarete interessierte und sie in einem Akt romantischer Naivität seine zukünftige Braut nannte. „Als ob sie ihn wirklich liebt", dachte Alfred bitter und spürte, wie der Zorn in ihm erneut aufwallte.

Es war nicht nur die Enttäuschung über den verlorenen finanziellen Vorteil, die ihn so rasend machte. Es war auch die persönliche Kränkung. Margarete war für ihn nicht nur eine Gelegenheit gewesen, sie war eine Investition, eine Zukunft, die ihm ein Stück Bedeutung und Macht in einer Welt hätte verschaffen können, die ihn oft genug übersehen hatte. Aber jetzt war sie weg – und das Gefühl des Verlusts brannte tief in seiner Brust. Sie hatte ihn lächerlich gemacht, zurückgelassen für einen anderen, und das konnte er nicht verzeihen.

„Sie werden es alle noch bereuen", schwor er sich, seine Finger krampften sich um die Kante des Schreibtisches. „Der Prinz, der glaubt, er könnte mir alles nehmen, ohne Konsequenzen. Margarete, die sich nicht einmal die Mühe gemacht hat, mir ihren Abschied persönlich mitzuteilen. Und Ivory..." Er schloss kurz die Augen, als sich ein bitteres Lächeln auf seine Lippen schlich. „Ja, auch du, meine liebe Schwester. Du wirst nicht immer die Zügel in der Hand halten."

Seine Gedanken drehten sich um die Möglichkeiten, die ihm noch blieben. Er konnte Ivory weiterhin unter Druck setzen, sie dazu zwingen, sich mit Lord Cavendish zu arrangieren, denn das würde wenigstens einen Teil seiner Pläne retten. Aber es war nicht mehr nur Geld, das ihn antrieb. Es war die Gier nach Kontrolle, die tiefer ging, als er sich selbst eingestehen wollte. Die Gier, die ihm sagte, dass er nicht verlieren durfte – nicht gegen den Adel, nicht gegen seine eigene Schwester.

Ivory ahnte von all diesen inneren Kämpfen ihres Bruders nichts, als sie sich in ihr Zimmer zurückzog und die Tür leise hinter sich schloss. Ihre Gedanken rasten, während sie versuchte, die vielen Informationen zu verarbeiten, die sie soeben entdeckt hatte. Sie konnte sich die Chancen und Risiken vorstellen, die sich aus diesen Dokumenten ergaben. Aber sie wusste auch, dass Alfred eine Gefahr war, die sie nicht unterschätzen durfte.

„Ich muss klug vorgehen", flüsterte sie in die Stille ihres Zimmers und griff nach der losen Diele, unter der sie ihre eigenen Dokumente und den Umschlag mit ihrem ersten Autorenhonorar versteckt hatte. Ihre Finger zitterten leicht, als sie die Diele anhob und das Versteck freilegte. Sie betrachtete das Geld, das ihre literarischen Bemühungen ihr eingebracht hatten, und dachte daran, wie viel schwerwiegender das war, was sie jetzt in den Händen hielt. Mit diesen Papieren könnte sie nicht nur sich selbst befreien, sondern auch Alfreds Position gefährden.

Doch während sie darüber nachdachte, bemerkte sie auch die Gefahr, die in diesen Papieren lag. Wenn Alfred herausfand, dass sie seine Geheimnisse kannte, würde er keine Gnade kennen. Er würde versuchen, sie zu vernichten, bevor sie ihm schaden könnte. Und in seiner Wut und Enttäuschung über Margarete war er zu allem fähig.

Ivory setzte sich auf das Bett und schloss die Augen, während sie versuchte, einen klaren Gedanken zu fassen. „Es gibt einen Weg", dachte sie, „ich muss nur herausfinden, wie ich die Informationen am besten nutzen kann. Vielleicht kann ich Cavendish erpressen, vielleicht kann ich Alfred in die Enge treiben… aber ich darf nicht unvorsichtig sein."

Und während der Schatten der Nacht sich um das Anwesen legte, bereitete sie sich innerlich auf den nächsten Schritt vor. Sie wusste, dass sie in den nächsten Tagen mit größter Vorsicht handeln musste. Denn jetzt stand mehr auf dem Spiel als nur ihre Freiheit – es war ein Machtkampf, der sich um die Zukunft ihrer ganzen Familie drehte.

Kapitel 18

Die schweren, ledergebundenen Bücher lagen aufgeschlagen auf Ivorys Schreibtisch, und daneben stapelten sich die Dokumente, die sie aus Alfreds Arbeitszimmer an sich genommen hatte. Sie hatte die letzten Stunden damit verbracht, jedes Detail zu studieren, jede verschlüsselte Botschaft, jede kryptische Anmerkung, die auf den Rand der Papiere gekritzelt war. Je länger sie las, desto klarer wurde das Bild: Es handelte sich hier nicht nur um ein paar fragwürdige Geschäfte. Nein, das Netz, das sich zwischen Lord Cavendish, Alfred und mehreren hochrangigen Persönlichkeiten spannte, war viel komplexer und gefährlicher.

Ivory hielt inne und strich sich eine Haarsträhne aus dem Gesicht, während sie sich auf ihrem Stuhl zurücklehnte. Die Namen, die sie zwischen den Zeilen las, hatten Gewicht. Länger als sie es sich hätte vorstellen können, hatten Alfred und Cavendish offenbar Gelder hin- und hergeschoben, verborgene Investitionen getätigt und geheime Vereinbarungen getroffen, die bis in die höchsten Kreise der Gesellschaft reichten. Lord Ridley, ein enger Vertrauter des Prinzen, tauchte mehrfach in den Briefen auf. Und obwohl die Details verschwommen waren, war eines klar: Diese Geschäfte könnten nicht nur Alfreds Ruf zerstören, sondern auch die Stabilität der königlichen Familie gefährden, wenn sie ans Licht kamen.

„Ich habe da wohl etwas in der Hand, das sie alle zum Zittern bringen könnte", murmelte Ivory zu sich selbst und konnte sich ein leicht triumphierendes Lächeln nicht verkneifen. Doch dieses Lächeln verflog schnell, als sie die Konsequenzen bedachte. Es war gefährlich, ein Spiel gegen Männer wie Cavendish und Ridley zu führen, Männer, die sich ihre Macht und ihren Einfluss mit harter Hand gesichert hatten. Aber es war auch eine Gelegenheit – vielleicht ihre einzige –, die Karten in ihrer Hand neu zu mischen und die Fesseln der arrangierten Ehe endgültig abzuwerfen.

Gerade als sie sich in diese Überlegungen vertiefte, klopfte es plötzlich an ihre Tür, und sie zuckte leicht zusammen. Sie legte die Papiere hastig in eine Schublade und schloss sie ab, bevor sie die Tür öffnete. Zu ihrer Überraschung stand James Huntington vor ihr, mit einem verschmitzten Lächeln auf den Lippen und einer sanften Neugierde in den Augen.

„Mister Huntington, was für eine unerwartete Überraschung", sagte Ivory und bemühte sich um einen lockeren Ton, während sie ihn musterte. „Was verschafft mir das Vergnügen Ihres Besuchs so früh am Morgen?"

„Manchmal bringen uns die besten Geschichten dorthin, wo wir sie am wenigsten erwarten", antwortete James und schenkte ihr ein Lächeln, das ihre Knie fast weich werden ließ. „Aber in diesem Fall bin ich eher durch ein interessantes Gerücht hierhergelockt worden. Es heißt, dass Sie sich in letzter Zeit sehr für gewisse... finanzielle Angelegenheiten interessieren."

Ivorys Herz setzte einen Schlag aus, aber sie hielt sich tapfer und hob herausfordernd das Kinn. „Ach, wirklich? Es scheint, als würde Ihnen kein Klatsch entgehen, Mister Huntington."

James trat einen Schritt näher, und seine Stimme senkte sich zu einem verschwörerischen Flüstern. „Nun, ich habe festgestellt, dass Sie eine Frau sind, die Klugheit mit Neugier verbindet, Miss Ventworth. Und ich dachte mir, dass es vielleicht an der Zeit ist, dass wir unsere Bemühungen zusammenlegen. Es scheint, als würden wir an demselben Strang ziehen."

Ivory legte den Kopf leicht schief und musterte ihn skeptisch. „Was genau schlagen Sie vor?", fragte sie, doch ihr Interesse war geweckt, und das wusste er.

James lächelte und zog ein paar Dokumente aus seiner Tasche, die er ihr hinhielt. „Ich habe selbst einige Informationen gesammelt, die Lord Cavendish betreffen – und seine, sagen wir, weniger ehrenhaften Geschäfte. Ich weiß, dass Sie ebenfalls an diesen Angelegenheiten interessiert sind. Vielleicht könnten wir gemeinsam ein vollständigeres Bild zeichnen. Und glauben Sie mir, Miss Ventworth, ich habe ein Gespür dafür, wenn jemand eine spannende Geschichte in der Hand hält."

Ivory nahm die Dokumente, blätterte sie flüchtig durch und erkannte, dass James' Recherchen ihre eigenen Funde ergänzten. Er wusste bereits mehr, als sie gedacht hatte, und sein Angebot klang verlockend. Mit ihm zusammenzuarbeiten könnte ihre Chancen erheblich verbessern – und ihre eigene Position stärken.

„Was gewinnen Sie daraus, Mister Huntington?", fragte sie schließlich, ohne ihn aus den Augen zu lassen. „Warum sollte ein Redakteur Ihres Formats sich so sehr um die Machenschaften eines Lords scheren?"

James zuckte leicht mit den Schultern, doch sein Lächeln vertiefte sich. „Nun, ich habe ein Faible für die Wahrheit. Und wenn sich die Wahrheit in eine Geschichte verwandeln lässt, die das Blut der Leser in Wallung bringt, dann ist das ein umso größerer Anreiz." Er beugte sich ein wenig vor, und sein Ton wurde ernster. „Aber ich gebe zu, dass Sie mich ebenfalls faszinieren, Miss Ventworth. Ich glaube, dass Sie viel mehr sind als nur eine Dame aus gutem Hause. Und ich glaube, dass Sie sich nicht damit zufriedengeben, in einem goldenen Käfig zu sitzen, auch wenn Ihre Familie das vielleicht von Ihnen erwartet."

Ivory merkte, wie ihr Atem stockte, und sie konnte den aufkommenden Schauer, der ihr über den Rücken lief, kaum verbergen. Er sah durch sie hindurch, als würde er all die Schichten durchdringen, die sie so sorgfältig um sich herum aufgebaut hatte. Sie wusste, dass sie vorsichtig sein musste, aber sie konnte auch nicht leugnen, dass er etwas in ihr weckte – ein Verlangen, das über die berufliche Zusammenarbeit hinausging.

„Sie wissen wirklich, wie man jemanden aus der Reserve lockt, Mister Huntington", erwiderte sie und bemühte sich um einen leichten, spielerischen Ton. „Aber seien Sie gewarnt: Ich habe keinen Platz für Sentimentalitäten. Wenn wir zusammenarbeiten, dann, weil es uns beiden nützt."

James lächelte und neigte leicht den Kopf. „Darauf können wir uns einigen. Aber ich werde es mir trotzdem nicht nehmen lassen, mich ein wenig zu amüsieren, während wir die Herren von ihrem hohen Ross stoßen."

Und so begannen sie, sich gemeinsam durch die Papiere zu arbeiten. Die Nachmittage wurden länger, die Gespräche intensiver. Sie teilten ihre Erkenntnisse, stritten über die Bedeutung einzelner Details, und fanden immer wieder neue Anhaltspunkte, die das Netz aus Korruption und Betrug enger zogen. James brachte seine Erfahrung als investigativer Journalist ein, und Ivory ergänzte seine Perspektive mit den Informationen, die sie aus Alfreds Papieren gewonnen hatte.

Mit jeder Stunde, die sie zusammenarbeiteten, wuchs die Vertrautheit zwischen ihnen. Ivory bemerkte, wie James sie immer wieder aus den Augenwinkeln beobachtete, wie seine Hand zufällig ihre streifte, wenn sie gemeinsam über einem Dokument saßen. Und sie musste sich eingestehen, dass sie es genoss, in seiner Nähe zu sein – mehr, als es gut für sie war.

Aber auch James kämpfte mit seiner eigenen Faszination für die Frau an seiner Seite. Er sah, wie ihre Augen aufleuchteten, wenn sie eine neue Verbindung entdeckte, und er spürte die Anziehungskraft, die von ihr ausging, selbst wenn sie versuchte, sie hinter einer Maske der Professionalität zu verbergen. Doch er wusste, dass er sich Zeit lassen musste. Ihre Geschichte war noch lange nicht zu Ende erzählt.

An einem späten Abend, als die Kerzen fast niedergebrannt waren und die letzten Strahlen der Abendsonne durch die Fenster fielen, lehnte sich James zurück und betrachtete Ivory, die über einem Stapel von Papieren brütete. Ihr Gesicht war im Halbdunkel des Zimmers kaum mehr als ein Schatten, doch die Entschlossenheit in ihren Augen war unverkennbar.

„Man könnte fast meinen, Sie haben sich in dieses Abenteuer verliebt, Miss Ventworth", sagte er leise, und in seiner Stimme lag eine Wärme, die sie innehalten ließ. „Oder vielleicht in etwas anderes?"

Ivory hob den Kopf und sah ihm in die Augen. Für einen Moment schien die Welt stillzustehen, als sie die unausgesprochenen Worte zwischen ihnen spürte. Sie sah den Funken in seinen Augen, die leise Hoffnung, die sich in seinem Lächeln widerspiegelte, und sie spürte, wie ihr eigenes Herz schneller schlug.

„Vielleicht in die Freiheit, die es verspricht", antwortete sie schließlich und zwang sich zu einem Lächeln, auch wenn ihre Stimme zitterte. „Aber ich habe noch nicht entschieden, ob ich Sie als meinen Mitstreiter wirklich an meiner Seite brauche."

„Oh, ich werde geduldig sein", erwiderte James mit einem schelmischen Lächeln. „Geduld ist schließlich die größte Tugend eines Journalisten. Und wer weiß? Vielleicht entdecken Sie ja bald, dass wir mehr gemeinsam haben, als Sie zugeben möchten."

Ivory konnte das leichte Kribbeln auf ihrer Haut nicht leugnen, als sie seinen Blick hielt. Und tief in ihrem Inneren wusste sie, dass er recht hatte. Sie waren in mehr als nur einer Hinsicht aneinandergebunden, und die Anziehungskraft zwischen ihnen war etwas, das sie nicht einfach ignorieren konnte – egal, wie sehr sie sich auch dagegen sträubte.

Kapitel 19

Alfred Ventworths Tage waren in letzter Zeit geprägt von Enttäuschungen, die ihm schwer im Magen lagen wie ein zu stark gewürztes Essen. Margarete Cavendish, die ihm als Mittel zu gesellschaftlichem Aufstieg und finanzieller Rettung gedient hätte, war jetzt plötzlich die Verlobte des Prinzen. Ein Prinz! Wie konnte er da je mithalten? Die Eifersucht brannte in ihm wie Säure, die seine Gedanken zersetzte. Immer wieder stellte er sich vor, wie sie an der Seite des Prinzen strahlte, ihn in ihrer neuen Position vergaß, während er hier in seinem halb zerfallenen Anwesen saß, umgeben von Schulden und zunehmender Verzweiflung.

Aber Alfred war nicht der Typ, der sich lange in Selbstmitleid suhlte. Nein, er war der Meinung, dass man sich nur selbst helfen konnte – und sei es mit unkonventionellen Mitteln. Und genau diese Unkonventionalität führte ihn an einem regnerischen Nachmittag zu einem Plan, der in seinen Augen nichts weniger als brillant war. Er brauchte Geld, und er brauchte es schnell. Die Antwort lag in diesem mysteriösen Buch, das ganz London in Atem hielt: „Die verbotene Leidenschaft". Der Erfolg dieses Romans war unbestreitbar. Er hatte die sozialen Kreise erschüttert und war das Gesprächsthema auf jedem Ball, in jeder Teestunde. Wenn er den Autor finden und erpressen konnte, drohte ihm vielleicht eine goldene Zukunft.

„Wenn das Talent eines Autors solche Summen einbringt, dann muss der Schreiberling sicher einiges übrig haben, um seine Identität geheim zu halten", dachte er sich mit einem selbstzufriedenen Grinsen. Und so begann er, die Spur des Autors zu verfolgen – ohne zu ahnen, dass er damit in dieselben Gewässer eintauchte, in denen sich James Huntington bereits bewegte.

Er marschierte durch den Regen, seine Schritte fest und entschlossen, bis er schließlich vor dem Verlagshaus von Aldridge & Co. stand. Die Fassade war ebenso unscheinbar wie beim letzten Mal, doch Alfred ließ sich davon nicht beeindrucken. Er stürmte hinein, seine Miene finster, die Augen funkelnd vor Entschlossenheit. Mister Aldridge, der hinter einem Stapel Manuskripte hervorsah, erstarrte, als er den wütenden Alfred erkannte.

„Mister Ventworth... was kann ich für Sie tun?", fragte er, während er nervös an den Rändern seiner Weste zupfte.

Alfred verzog das Gesicht zu einem falschen Lächeln, das keinerlei Wärme ausstrahlte. „Oh, Sie wissen genau, warum ich hier bin. Ich will den Namen des Autors von ‚Die verbotene Leidenschaft'. Und ich würde Ihnen raten, keine Umstände zu machen."

Aldridge verschluckte sich fast an seiner eigenen Spucke, als er Alfreds eisigen Blick sah. „Ich... ich habe Verschwiegenheit versprochen, Mister Ventworth, das verstehen Sie doch..."

Alfreds Lächeln verschwand, und seine Miene wurde kalt wie ein Winterwind. „Hören Sie gut zu, Aldridge. Entweder Sie sagen mir, was ich wissen will, oder ich werde dafür sorgen, dass jeder erfährt, welche... sagen wir, fragwürdigen Geschäfte in Ihrem Verlag vor sich gehen." Er zog eine Handvoll Papiere aus seiner Jacke, die er über den Tisch schob. „Denken Sie an Ihren Ruf, mein Freund."

Aldridge blinzelte, und seine Schultern sanken in einer Geste der Resignation. „Sehr gut... aber das bleibt unter uns, verstehen Sie?"

Alfred nickte nur kurz, während Aldridge ihm einen kleinen Zettel zuschob. „Ivory Ventworth", flüsterte Aldridge, und Alfreds Augen weiteten sich ungläubig. Er musste zweimal hinsehen, bevor er die Worte wirklich begriff. Es war, als hätte ihm jemand den Boden unter den Füßen weggezogen.

„Das kann nicht wahr sein", murmelte er, doch das schadenfrohe Lächeln kehrte schnell zurück auf sein Gesicht. „Nun, das macht die Sache doch noch viel interessanter, nicht wahr?"

IVORY SASS IN IHREM Zimmer, die Gedanken schwer wie Blei. Sie hatte sich den ganzen Tag über mit den Dokumenten beschäftigt, doch ihre Konzentration war zerstreut. Immer wieder schlichen sich Gedanken an Alfreds neueste Bedrohung in ihren Geist. Es war fast unbegreiflich, dass ihr eigener Bruder sich gegen sie wandte – und doch war es keine Überraschung.

Alfred hatte nie einen Hehl daraus gemacht, dass er für seinen eigenen Vorteil über Leichen gehen würde.

Als sie gerade aufstehen wollte, klopfte es an ihre Tür. Ivory erstarrte für einen Moment, doch als sie James' Stimme hörte, atmete sie erleichtert auf. Sie öffnete die Tür und sah ihn in seinem nassen Mantel, das Haar vom Regen zerzaust. „Mister Huntington... James, was tun Sie hier?", fragte sie leise, während sie ihn in den Raum ließ und die Tür hinter ihm schloss.

„Ich hatte das Gefühl, dass Sie vielleicht Gesellschaft gebrauchen könnten", antwortete er mit einem schiefen Lächeln, das sie mehr beruhigte, als sie zugeben wollte. „Und es scheint, dass ich richtig lag." Sein Blick fiel auf ihre besorgte Miene, und sein Ausdruck wurde ernst. „Was ist los, Ivory?"

Ivory zögerte, doch dann brach alles aus ihr heraus. Sie erzählte ihm von Alfreds Drohungen, von seiner Entdeckung ihres Geheimnisses und von seiner Absicht, sie zu zwingen, Lord Cavendish zu heiraten, um ihre Familie zu retten. Als sie geendet hatte, fühlte sie sich wie eine geöffnete Wunde, und sie konnte die Tränen nicht mehr zurückhalten.

James trat näher, und ohne ein Wort zu sagen, nahm er ihre Hände in seine. Seine Berührung war warm und beruhigend, und als er sie ansah, lag in seinen Augen eine ungewohnte Sanftheit. „Ivory, Sie sind nicht allein", sagte er, seine Stimme leise und fest. „Ich weiß, dass Sie sich stark fühlen müssen, dass Sie glauben, Sie dürfen sich keine Schwäche leisten, aber... es ist in Ordnung, sich helfen zu lassen. Und ich werde Sie nicht im Stich lassen."

Ivory schüttelte den Kopf, kämpfte gegen die Tränen, doch seine Worte drangen tiefer in ihr Herz, als sie erwartet hatte. „Aber was, wenn er mich bloßstellt, James? Was, wenn er die ganze Stadt gegen mich aufbringt? Ich habe mein ganzes Leben versucht, aus diesem Käfig auszubrechen, und jetzt... jetzt bin ich gefangen wie nie zuvor."

James lächelte, und in seinem Blick lag etwas, das sie zum ersten Mal in ihrem Leben wirklich tröstete. „Ivory, wenn Sie glauben, dass es eine Schande ist, dass eine Frau in dieser Stadt ihre eigenen Gedanken äußert und ihre eigenen Geschichten erzählt, dann haben Sie die Stärke Ihrer eigenen Worte unterschätzt. Sie haben so vielen Frauen in dieser Stadt gezeigt, dass sie mehr sein können, dass sie träumen dürfen. Und dafür werde ich kämpfen, wenn nötig an Ihrer Seite."

Seine Worte trafen sie mitten ins Herz, und sie spürte, wie die Mauern, die sie um sich gebaut hatte, langsam bröckelten. Sie sah ihn an, und in diesem Moment war alles andere vergessen – Alfred, Cavendish, die Drohungen, die Angst. Es gab nur diesen Mann vor ihr, der sie sah, wirklich sah, auf eine Weise, wie es noch nie jemand getan hatte.

„James...", flüsterte sie, ihre Stimme bebte, und sie wusste nicht, wie sie die Flut der Gefühle in Worte fassen sollte. Doch bevor sie weitersprechen konnte, legte er sanft eine Hand an ihre Wange, seine Finger streichelten ihre Haut, und sie spürte den warmen Atem auf ihren Lippen, als er sich zu ihr hinüberbeugte.

Für einen Herzschlag zögerte er, sah in ihre Augen, als wolle er sich vergewissern, dass sie bereit war. Doch dann schloss sie die Augen, und die Distanz zwischen ihnen schmolz dahin. Ihre Lippen trafen sich in einem Kuss, der erst zart und vorsichtig war, dann aber an Intensität gewann, wie eine Flamme, die langsam entfacht und dann immer heller brennt.

Ivorys Herzschlag schien in diesem Moment den Takt der Zeit zu übertönen, und sie konnte sich nicht erinnern, wann sie sich jemals so lebendig, so echt gefühlt hatte. Alles, was in ihrem Leben kompliziert und chaotisch war, wurde für diesen einen Augenblick still und klar. Sie war hier, bei ihm, und das genügte.

Als sie sich schließlich voneinander lösten, waren ihre Stirnen immer noch aneinandergelehnt, und James lächelte sie an, ein Lächeln, das mehr versprach als tausend Worte. „Wir werden einen Weg finden, Ivory. Zusammen."

Ivory nickte und wusste, dass sie ihm glaubte – dass sie ihm vertrauen konnte. Und in diesem Moment, im schwachen Licht der untergehenden Sonne, spürte sie, dass sie vielleicht, ganz vielleicht, endlich jemanden gefunden hatte, der sie wirklich verstand.

Kapitel 20

Die Tage vergingen, und der Frühling begann, London mit einem Hauch von Frische zu überziehen. Die Bäume im Garten der Ventworths erblühten in zarten Rosatönen, während das Sonnenlicht durch die hohen Fenster des Anwesens fiel und die dicken Teppiche mit warmem Glanz überzog. Doch in Ivorys Gedanken war es noch immer winterlich düster. Die Enthüllungen der letzten Tage lasteten schwer auf ihr, und obwohl James an ihrer Seite war, um sie zu unterstützen, fühlte sie sich von einer unsichtbaren Last bedrückt.

Clara, die unbeschwert durch das Haus tanzte, schien diese Sorgen nicht zu teilen. Ihre Schwester war wie ein Sonnenstrahl in all dem Grau, ihre Energie unerschöpflich, ihr Lachen ansteckend. Und doch bemerkte Ivory, dass Clara sich in den letzten Tagen häufiger zu ihr gesellte, als ob sie spürte, dass ihre große Schwester etwas auf dem Herzen hatte, das unausgesprochen blieb.

Eines Nachmittags, als die beiden im Salon saßen, Clara mit einer Stickerei in der Hand, während Ivory ein Buch auf dem Schoß hielt, konnte Ivory den Gedanken nicht mehr abschütteln, dass sie mit Clara reden musste. Nicht über alles, was sie beschäftigte – noch nicht –, aber zumindest über die Möglichkeiten, die vor ihnen lagen. Möglichkeiten, die ihnen nie jemand gezeigt hatte.

„Clara", begann Ivory schließlich und legte das Buch beiseite. „Hast du jemals darüber nachgedacht, dass es vielleicht noch mehr im Leben gibt, als nur das, was uns beigebracht wurde? Ich meine... abgesehen von den Bällen, den höflichen Konversationen, und der Hoffnung auf eine vorteilhafte Ehe?"

Clara blickte auf und lachte leise. „Du meinst wohl, ob ich jemals daran gedacht habe, gegen die Regeln zu verstoßen, Ivory?", sagte sie mit einem schelmischen Grinsen. „Ich habe dich immer bewundert, weißt du? Du hast dich nie so leicht in diese Rolle gefügt wie ich. Aber ich glaube, ich bin zu feige, um aus der Reihe zu tanzen."

Ivorys Herz zog sich zusammen, als sie die Worte ihrer Schwester hörte. Es war, als sähe sie Clara plötzlich mit neuen Augen. Sie war nicht einfach nur die verspielte, verträumte kleine Schwester, sondern eine junge Frau, die mehr verstand, als sie oft zeigte. „Clara, es geht nicht darum, aus der Reihe zu tanzen. Es geht darum, die Möglichkeit zu haben, selbst zu entscheiden, wie diese Reihe aussehen soll. Glaubst du nicht, dass es eine Welt geben könnte, in der wir Frauen nicht einfach nur... hübsch und still in einer Ecke sitzen müssen?"

Clara legte ihre Stickerei zur Seite und sah Ivory neugierig an, ihre Stirn leicht gerunzelt. „Du meinst... eine Welt, in der wir unsere eigenen Entscheidungen treffen können? Aber wie soll das möglich sein, Ivory? Die Männer in unserem Leben – Vater, Alfred, sogar James – sie alle erwarten doch, dass wir uns fügen."

Ivory seufzte leise und lehnte sich zurück. „Ich weiß, es klingt wie ein ferner Traum. Aber ich glaube, dass wir mehr Macht haben, als wir denken. Denk nur daran, wie viele Frauen insgeheim den Roman von Violet LaFleur lesen und sich trauen, davon zu träumen, dass sie mehr sein könnten als das, was die Gesellschaft ihnen vorschreibt. Es mag ein kleiner Schritt sein, aber es ist ein Anfang."

Clara blickte nachdenklich aus dem Fenster, während die Nachmittagssonne über den Garten wanderte. „Ich habe immer geglaubt, dass das Leben, das uns vorgegeben wird, das einzige ist, das es gibt", sagte sie leise. „Aber wenn du denkst, dass es eine andere Möglichkeit gibt, dann... dann möchte ich das gerne glauben."

Ivory lächelte, und eine kleine Welle der Hoffnung durchströmte sie. Vielleicht würde Clara sich eines Tages trauen, selbst ihren eigenen Weg zu gehen. Vielleicht war dieser Moment ein Samen, der eines Tages zu etwas Größerem heranwachsen könnte.

Doch ihre Gedanken an die Zukunft und die Gespräche mit Clara wurden bald von einer schockierenden Entdeckung überschattet. Als Ivory eines Nachmittags auf der Suche nach einem alten Familienalbum in der Bibliothek stöberte, fiel ihr Blick auf ein verstaubtes, in Leder gebundenes Buch, das halb hinter anderen Titeln verborgen war. Neugierig zog sie es hervor und öffnete es.

Zu ihrer Überraschung enthielt es keine literarischen Texte, sondern alte Geschäftsbücher und Notizen, die aus der Zeit vor dem Tod ihres Vaters stammten. Sie blätterte durch die vergilbten Seiten und las von Investitionen und Darlehen, von Geschäften, die einst gut liefen – bis zu dem Zeitpunkt, an dem ein vertrauter Name immer wieder auftauchte: Lord Cavendish.

Mit wachsendem Entsetzen erkannte sie, dass die Schwierigkeiten, die zum Ruin ihrer Familie geführt hatten, nicht auf ein Unglück oder eine Wirtschaftskrise zurückzuführen waren, wie Alfred immer behauptet hatte. Es waren gezielte, riskante Investitionen gewesen, in die Alfred ihren Vater gedrängt hatte, aus Gier und Ehrgeiz. Lord Cavendish hatte diese Schulden genutzt, um Alfred immer tiefer in seine eigenen Pläne zu verwickeln, bis es für die Ventworths keinen Ausweg mehr gab.

Und dann fand sie die letzte Eintragung, die sie wie ein Schlag traf. Eine Notiz, die von ihrem Vater stammte, verfasst kurz bevor er sich das Leben genommen hatte. „Ich kann den Blick meiner Kinder nicht mehr ertragen, das Wissen um mein Versagen. Cavendish und Alfred... es ist alles verloren. Möge Gott ihnen vergeben, denn ich kann es nicht."

Ivorys Hände zitterten, als sie das Buch zuklappte. Ihre Finger griffen sich ins Haar, während sie versuchte, die Gedanken zu ordnen, die wie ein Sturm durch ihren Kopf jagten. „Alfred...", flüsterte sie, und die Bitterkeit in ihrer Stimme überraschte sie selbst. Ihr Bruder, der sie zu der Ehe mit Cavendish zwingen wollte, war derselbe Mann, der ihren Vater in den Ruin getrieben hatte – und er hatte sie alle belogen. Er hatte den Tod ihres Vaters in Kauf genommen, um seine eigene Haut zu retten.

Tränen der Wut stiegen ihr in die Augen, und sie spürte, wie sich eine eisige Entschlossenheit in ihrer Brust formte. Das war der letzte Tropfen. Sie würde Alfred nicht mehr länger erlauben, über sie zu bestimmen. Sie würde sich gegen ihn und seine Machenschaften stellen, koste es, was es wolle.

Noch in dieser Nacht suchte sie James auf. Als er sie mit verweinten Augen und den zerzausten Haaren sah, zögerte er keine Sekunde, sie in die Arme zu schließen. „Was ist passiert, Ivory?", fragte er sanft, seine Stirn an ihre lehnend, während er ihre zitternden Schultern zu beruhigen versuchte.

„Es war Alfred... die ganze Zeit war es Alfred", stieß sie hervor und hielt sich verzweifelt an seinem Jackett fest, als ob es das Einzige wäre, das sie vor dem Fall in den Abgrund bewahrte. „Er und Cavendish, sie haben alles zerstört. Sie haben meinen Vater in den Ruin getrieben, und jetzt... jetzt wollen sie mich benutzen, um ihre Fehler zu vertuschen."

James strich ihr beruhigend über das Haar und hielt sie fest, bis ihr Schluchzen nachließ. „Ivory, wir werden das nicht zulassen. Du wirst das nicht allein durchstehen. Ich bin hier, und ich werde an deiner Seite kämpfen."

Ivory sah zu ihm auf, und zum ersten Mal fühlte sie, dass sie wirklich jemanden an ihrer Seite hatte, der sie verstand. In seinen Augen sah sie nicht nur Mitleid, sondern auch Respekt und Bewunderung für die Stärke, die sie aufgebracht hatte. Und in diesem Moment wusste sie, dass sie trotz aller Dunkelheit einen Weg finden würde, aus diesem Chaos zu entkommen – und sie würde ihre eigene Zukunft in die Hand nehmen.

James beugte sich zu ihr hinab, und ihre Lippen trafen sich in einem Kuss, der all die Verzweiflung, die Hoffnung und das neu gewonnene Vertrauen miteinander verschmolz. Es war ein Kuss, der mehr versprach als nur eine flüchtige Leidenschaft – es war ein Versprechen, dass sie gemeinsam einen Weg finden würden, gegen die Schatten zu kämpfen, die ihre Familie bedrohten.

Kapitel 21

Die ersten Sonnenstrahlen brachen durch die schweren Vorhänge von Ivorys Zimmer, als sie neben James am Schreibtisch saß, die Finger noch immer leicht zitternd von dem, was sie ihm am Vorabend anvertraut hatte. Die Dunkelheit der Nacht hatte ihre Ängste nicht länger verbergen können, und nun, im kalten Licht des Morgens, fühlte sich alles noch intensiver an – aber auch klarer. James war bei ihr, und obwohl die Welt um sie herum in Flammen zu stehen schien, gab es etwas, das sie beide verband und stärker war als alles, was sie bisher erlebt hatte.

Ivory spürte seine Hand auf ihrer und blickte zu ihm hinüber. Sein Lächeln war leicht, aber warm, und in seinen Augen lag eine Entschlossenheit, die sie tief berührte. „Ich bin stolz auf dich, Ivory", sagte er leise, seine Stimme wie ein Versprechen, das zwischen ihnen beiden schwebte. „Das, was du vorhast, ist mutig. Aber du musst wissen, dass es gefährlich wird. Wenn du dich entscheidest, der Welt die Wahrheit zu sagen, dann gibt es kein Zurück mehr."

Ivory nickte, und ein Hauch von Lächeln spielte um ihre Lippen. „Ich weiß. Aber ich glaube, ich habe lange genug in der Angst gelebt, was andere über mich denken könnten. Vielleicht ist es an der Zeit, dass ich mein eigenes Leben in die Hand nehme. Ganz gleich, welche Konsequenzen das mit sich bringt."

James beugte sich vor und zog sie in eine Umarmung, die ihr Herz schneller schlagen ließ. Es war eine Umarmung, die keine Worte mehr brauchte, die alles sagte, was unausgesprochen zwischen ihnen stand. Als sie schließlich ihre Lippen zueinander fanden, war es wie eine Bestätigung dessen, was sie beide schon lange gespürt hatten. Der Kuss war zärtlich und zugleich intensiv, und als sie sich lösten, wusste Ivory, dass sie an einem neuen Punkt in ihrem Leben angekommen war – an einem Punkt, an dem sie nicht länger allein kämpfen musste.

Doch ihre Zweisamkeit war nicht von Dauer. Schon kurz darauf wurde die Tür ihres Zimmers aufgerissen, und Alfred stand in der Türöffnung, seine Augen funkelnd vor Zorn. Er hatte sie zusammen gesehen, wie sie sich nahe kamen, und das Bild brannte sich in seinen Geist ein wie eine offene Wunde. „Was zum Teufel glaubst du, tust du hier, Ivory?", zischte er, seine Stimme scharf wie ein Messer. „Hast du den Verstand verloren?"

Ivory wich einen Schritt zurück, doch James blieb fest an ihrer Seite. „Alfred, es reicht. Du kannst mich nicht länger kontrollieren. Ich werde nicht das tun, was du willst, nur um dein scheiterndes Leben zu retten."

Alfred lachte bitter und machte einen Schritt auf sie zu, seine Hände zitterten vor Wut. „Ach, wirklich? Glaubst du, dass du hier die Zügel in der Hand hast, Schwesterchen? Ich weiß, dass du hinter diesen skandalösen Romanen steckst. Ja, ich weiß es! Und Lord Cavendish weiß es jetzt auch. Was denkst du, was passiert, wenn die feine Gesellschaft von deinen kleinen literarischen Eskapaden erfährt?"

Ivorys Herz setzte einen Schlag aus. Sie hatte mit vielem gerechnet, aber nicht damit, dass Alfred so schnell handeln würde. Und doch war es nicht nur Angst, die sie erfüllte, sondern auch ein Gefühl der Entschlossenheit, das sie dazu brachte, den Kopf zu heben und ihrem Bruder in die Augen zu sehen. „Du hast keine Ahnung, was du da gerade anrichtest, Alfred", sagte sie, ihre Stimme ruhig, aber schneidend. „Aber ich werde es nicht zulassen, dass du mich oder mein Leben weiter zerstörst."

Alfreds Augen verengten sich, und für einen Moment sah er wirklich aus wie ein Mann, der kurz davor war, alles zu verlieren. „Ach, und was willst du tun, Ivory? Dich selbst der Gesellschaft preisgeben? Deine ganze Reputation opfern? Du wirst alles verlieren, was dir wichtig ist, und dabei auch noch unsere Familie in den Abgrund reißen."

Ivory wusste, dass er zum Teil recht hatte. Es war ein gewagtes Spiel, das sie spielte, und das Risiko war hoch. Aber dann spürte sie James' Hand auf ihrer Schulter, diese stille, unerschütterliche Unterstützung, und sie wusste, dass sie nicht mehr zurück konnte. „Ja, Alfred. Das werde ich. Und ich werde es auf meine Art tun."

Sie wandte sich von ihrem Bruder ab, trat an den Schreibtisch und griff nach einem Blatt Papier und einer Feder. In klaren, entschlossenen Buchstaben begann sie zu schreiben, was sie der Welt zu sagen hatte. Es war keine lange

Erklärung, aber es war eine, die all ihre Ängste und Zweifel hinter sich ließ. Sie erklärte sich selbst als Autorin der Romane, die London in Atem hielten, und sprach über die Freiheit, die sie sich genommen hatte, über die Wahrheit, die in ihren Geschichten steckte.

Als sie geendet hatte, sah sie James an, der sie mit einem stolzen Lächeln betrachtete. „Ich hoffe, dass du bereit bist, das mit mir durchzustehen", sagte sie und reichte ihm das Papier.

James nahm das Blatt, überflog die Zeilen und nickte dann. „Oh, ich habe schon lange darauf gewartet, dass du endlich aufhörst, dich hinter der Maske zu verstecken, Ivory. Und wenn die Stadt uns das Leben schwer macht, dann werden wir ihr gemeinsam trotzen."

Es dauerte nur wenige Stunden, bis die Nachricht sich wie ein Lauffeuer in den Salons und Clubs Londons verbreitete. „Ivory Ventworth ist Violet LaFleur!" raunten die Damen hinter ihren Fächern, und die Herren tuschelten aufgeregt über das neue Skandalthema, das ihren langweiligen Alltag erfrischte.

Alfred jedoch war nicht bereit, so schnell aufzugeben. Er stürmte in das Anwesen von Lord Cavendish, den er in seinem Arbeitszimmer antraf, umgeben von Papieren und der gewohnten Aura eines Mannes, der es gewohnt war, die Fäden zu ziehen. „Sie haben es gesehen, Lord Cavendish. Sie hat es gewagt, sich öffentlich zu bekennen!", rief Alfred, die Verzweiflung in seiner Stimme kaum unterdrückend. „Das ist die Chance, sie endlich zur Vernunft zu bringen. Lassen Sie uns sie zwingen, die Schande durch die Heirat auszugleichen."

Lord Cavendish, ein Mann mit einem feinen Gespür für seine eigene Reputation, schob seine Brille auf der Nase zurecht und sah Alfred mit einer Mischung aus Amüsement und Verachtung an. „Ach, Mister Ventworth, Sie überschätzen Ihre Macht. Die Dame hat ihren Zug gemacht, und nun wird es die Öffentlichkeit entscheiden, ob sie sie verurteilt oder nicht. Es wäre unklug, sich in eine Ehe zu drängen, die mehr Schande als Nutzen bringt. Ich rate Ihnen, Ihre Niederlage einzugestehen."

Alfreds Gesicht wurde aschfahl, als die Worte des Lords zu ihm drangen. Die kalte Realität traf ihn mit voller Wucht, und er erkannte, dass er nicht nur die Kontrolle über Ivory, sondern auch über sein eigenes Schicksal verloren hatte. „Das ist nicht... das kann nicht...", stotterte er, doch seine Stimme verklang, als er erkannte, dass er allein auf weiter Flur stand.

In den folgenden Tagen waren die Zeitungen voll von Berichten über Ivorys Geständnis, und die Stadt war gespalten zwischen denen, die sie für ihren Mut lobten, und jenen, die sie als Ungeheuer der Moral brandmarkten. Doch es gab auch Stimmen der Bewunderung, Briefe von Frauen, die ihre Bücher gelesen hatten und in ihren Worten eine Hoffnung sahen, die sie sich nie zu träumen gewagt hätten.

Ivory und James beobachteten die Reaktionen aus dem kleinen Salon in James' Büro, wo sie sich oft in den Abendstunden trafen, um über die Entwicklungen zu sprechen. Sie lachten über die aufgeregten Kolumnen, die sich über „das Ende der gesellschaftlichen Sitten" ausließen, und genossen die stillen Momente, in denen sie einfach nur zusammen waren.

Eines Abends, als die Dämmerung den Raum in goldenes Licht tauchte, lehnte sich Ivory an James' Schulter und flüsterte: „Ich habe Angst vor dem, was noch kommt. Aber ich habe keine Angst mehr, ich selbst zu sein. Und das verdanke ich auch dir."

James drückte einen Kuss auf ihre Stirn und zog sie noch enger an sich. „Du warst schon immer mutig, Ivory. Ich habe nur dabei zugesehen, wie du es erkannt hast. Und was auch immer noch kommen mag – wir werden es gemeinsam meistern."

Ivory lächelte, und in diesem Moment schien die Welt gar nicht so bedrohlich, wie sie es einst war. Vielleicht war es das erste Mal in ihrem Leben, dass sie das Gefühl hatte, wirklich frei zu sein – frei von den Erwartungen anderer, frei von der Last der Vergangenheit. Und an ihrer Seite war ein Mann, der sie in ihrer ganzen Komplexität annahm.

Der Kampf war noch lange nicht vorbei, aber sie wusste, dass sie ihn nicht allein bestreiten würde. Und das war mehr, als sie sich jemals hätte erträumen können.

Kapitel 22

London war selten so in Aufruhr gewesen wie in diesen Tagen. Die brisante Enthüllung von Ivory Ventworths wahrer Identität als Autorin der skandalösen Romane hatte sich wie ein Lauffeuer in den Salons und Hinterzimmern der Stadt verbreitet. Es gab kaum ein Gespräch, das sich nicht irgendwann zu ihrem Namen wandte – begleitet von empörtem Kopfschütteln und geheimen Bewunderungen. Sogar der Straßenjunge, der die neuesten Zeitungen ausrief, schien besonders laut zu verkünden: „Lesen Sie alles über den Skandal der Saison! Die skandalöse Miss Ventworth in der London Gazette!"

Ivory selbst versuchte, die tumultartigen Reaktionen mit einem Hauch von ironischem Humor zu nehmen, doch tief in ihrem Inneren wusste sie, dass sie in einem Strudel gelandet war, dessen Ende sie nicht vorhersagen konnte. Zum Glück war James an ihrer Seite. Er war mehr als nur ein Komplize in ihrem Plan geworden – er war ihre Zuflucht und die Stimme der Vernunft, die sie in Momenten der Panik zurück auf den Boden der Tatsachen brachte.

An einem dieser stürmischen Abende, als der Regen gegen die Fensterscheiben von James' Büro prasselte, saßen die beiden auf dem Sofa vor dem Kamin und wärmten sich die Hände an Tassen heißen Tees. Ivory sah in die flackernden Flammen und dachte daran, wie weit sie in so kurzer Zeit gekommen waren. „Weißt du, James", begann sie schließlich, ihre Stimme kaum lauter als das Knistern des Feuers, „es ist seltsam. Da draußen denken sie alle, dass ich die Kontrolle verloren habe. Aber zum ersten Mal in meinem Leben fühle ich mich, als würde ich tatsächlich die Richtung bestimmen."

James lächelte und legte einen Arm um ihre Schultern, zog sie ein wenig näher zu sich. „Ivory, die Welt weiß noch gar nicht, was sie mit dir anstellen soll. Und ich glaube, das gefällt mir am meisten an dir. Du bist wie ein Sturm, der durch ihre wohlgeordnete Gesellschaft fegt."

Ivory konnte sich ein Lachen nicht verkneifen und lehnte sich gegen seine Brust. „Ein Sturm, ja? Dann hoffe ich nur, dass ich nicht alles zu sehr durcheinander bringe."

„Oh, ich bin sicher, dass ein wenig Chaos genau das ist, was London braucht", erwiderte James augenzwinkernd. Dann wurde sein Blick wieder ernst. „Aber es ist auch gefährlich, Ivory. Cavendish und Ridley sind nicht einfach nur gierige Männer. Sie werden alles tun, um ihren Einfluss zu bewahren. Und dein Mut könnte sie dazu bringen, härtere Maßnahmen zu ergreifen."

Ivory nickte, und für einen Moment war ihre Stirn in Falten gelegt. „Ich weiß, James. Aber was soll ich tun? So lange habe ich versucht, mich der Gesellschaft anzupassen, mich den Erwartungen zu beugen. Ich will das nicht mehr. Ich kann das nicht mehr."

Er sah sie an, sein Blick weich und warm, und zog sie sanft an sich, so dass sie den Duft seines Mantels einatmen konnte. „Und genau deshalb werde ich alles tun, um dich zu beschützen. Du verdienst es, frei zu sein, Ivory. Und ich werde nicht zulassen, dass jemand dir das nimmt."

Ivory hob den Kopf und sah ihn direkt an. In seinem Blick lag eine Ernsthaftigkeit, die sie tief berührte. Und plötzlich wurde ihr klar, dass sie sich nicht nur auf ihn verlassen konnte – sie wollte es auch. „James, ich habe immer geglaubt, dass ich niemanden brauche", flüsterte sie, und ihre Stimme zitterte leicht. „Aber vielleicht... vielleicht liege ich damit falsch."

Er legte eine Hand an ihre Wange, und sein Daumen strich sanft über ihre Haut. „Es ist keine Schwäche, jemanden an seiner Seite zu haben, Ivory. Es ist ein Zeichen der Stärke, wenn man weiß, wann man jemanden braucht." Er beugte sich vor, und als ihre Lippen sich wieder trafen, war es wie ein sanfter Wind, der das Feuer im Kamin weiter anfachte.

Doch die Ruhe ihrer nächtlichen Gespräche stand im Kontrast zu dem Sturm, der sich draußen zusammenbraute. Die Gerüchte über den vermeintlichen Skandal zwischen Margarete Cavendish und Prinz Albert verbreiteten sich rasch, und die Stadt spekulierte fieberhaft über die Hintergründe. War es nur eine Affäre? Oder steckte mehr dahinter? In den Teestuben und auf den Straßen wurden Wetten abgeschlossen, und selbst die angesehene Presse konnte nicht widerstehen, einige spitzfindige Kommentare über die mögliche Zukunft des königlichen Hauses zu machen.

Für Cavendish und Ridley war diese Gerüchtewelle jedoch alles andere als ein harmloser Klatsch. Ihr Einfluss stand auf dem Spiel, und jede Erwähnung ihres Namens in diesem Zusammenhang brachte sie näher an den Abgrund. Es war nur eine Frage der Zeit, bis sie härtere Maßnahmen ergreifen würden, um ihren Ruf zu retten.

James und Ivory wussten das, und so arbeiteten sie fieberhaft daran, die letzten Puzzleteile ihres Beweismaterials zusammenzutragen. In einem kleinen, versteckten Café in den Seitenstraßen Londons trafen sie sich regelmäßig mit Informanten und sprachen über den Schutz ihrer Quellen. James brachte seine journalistische Erfahrung ein, Ivory ihren unbestechlichen Sinn für Details und ihre ungebrochene Entschlossenheit, die Wahrheit ans Licht zu bringen.

„Weißt du, dass ich mich manchmal frage, ob ich nicht einfach ein ruhiges Leben auf dem Land hätte führen sollen?", sagte Ivory eines Abends, während sie sich mit James über eine Karte beugte, die die verschiedenen Finanztransaktionen der Cavendish-Beteiligungen abbildete. „Vielleicht wäre das einfacher gewesen."

James hob eine Augenbraue und schenkte ihr ein schiefes Lächeln. „Kannst du dir wirklich vorstellen, du wärst glücklich gewesen, wenn du den Rest deines Lebens mit Stickerei und dem Sortieren von Teeblättern verbracht hättest, Ivory?"

Ivory lachte leise und schüttelte den Kopf. „Nein, du hast recht. Das wäre mir viel zu langweilig gewesen. Ich glaube, ich mag es, London ein wenig aufzumischen."

Er legte seine Hand auf ihre und sah ihr direkt in die Augen. „Und ich mag es, dass du das tust. Aber du solltest wissen, dass ich dich nicht nur für deinen Mut bewundere, sondern für alles, was du bist."

Ivory erwiderte seinen Blick, und für einen Moment schien die Welt um sie herum stillzustehen. Dann beugte sie sich vor und legte ihre Stirn an seine, während sie die Wärme seiner Nähe spürte. „Du hast mich daran erinnert, dass es in Ordnung ist, sich selbst treu zu sein, James. Und dafür werde ich dir immer dankbar sein."

DOCH WÄHREND IHRE VERBINDUNG sich vertiefte, spitzte sich die Lage mit Alfred weiter zu. Er verlor zusehends die Kontrolle, getrieben von der Verzweiflung, die über ihn hereingebrochen war, seit seine Pläne mit Cavendish gescheitert waren. Er hatte gehofft, seine Schwester in die Ecke drängen zu können, doch nun war sie ihm entwichen, und mit ihr seine letzte Chance auf Rettung. Es war, als hätte er all seine Karten ausgespielt und säße nun mit leeren Händen da.

Ivory und James erkannten, dass Alfred eine Gefahr darstellte, die sie nicht unterschätzen durften. Sie wussten, dass er in seiner Verzweiflung zu allem fähig war, und dass er sich nicht scheuen würde, sie beide zu vernichten, um seinen eigenen Ruf zu wahren. Doch sie beschlossen, ihm zuvorzukommen.

„Es ist Zeit, dass wir das letzte Kapitel aufschlagen", sagte James eines Nachmittags, als sie in seinem Büro saßen, das inzwischen mehr einem Kriegsraum als einem Arbeitsplatz glich. „Wenn wir die Beweise veröffentlichen, haben sie keine Macht mehr über dich. Es ist riskant, aber ich glaube, es ist unsere einzige Chance."

Ivory nickte und sah ihn entschlossen an. „Dann lass uns keine Zeit verlieren. Wenn wir fallen, dann zumindest mit Stil."

James lachte leise und nahm ihre Hand. „Ich glaube, das war schon immer deine Art, Ivory – und ich bin froh, dass ich es miterleben darf."

Und so machten sie sich bereit, ihre letzten Karten zu spielen. Die Wahrheit lag nun in ihren Händen, und sie wussten, dass sie gemeinsam stärker waren als die Lügen, die um sie gesponnen wurden. Doch am Horizont zogen dunkle Wolken auf, und das Spiel, das sie spielten, war noch längst nicht zu Ende.

Kapitel 23

Der Tag der Enthüllung kam schneller, als Ivory sich je hätte vorstellen können. Sie, James und Prinz Albert hatten in den vergangenen Wochen fieberhaft an ihrem Plan gearbeitet, jede Kleinigkeit zusammengetragen, jede Lücke geschlossen und jeden Beweis gesichert, der die finsteren Machenschaften von Lord Cavendish und Lord Ridley ans Licht bringen würde. Es war wie das Endspiel eines komplizierten Schachspiels, und während die Züge ihrer Gegner immer aggressiver und unberechenbarer wurden, standen sie kurz davor, das letzte Matt zu setzen.

Ivory saß in James' Büro, wo sich das Chaos der letzten Tage in jeder Ecke zeigte: Papiere lagen wild verstreut, Notizen hingen an den Wänden, und der Duft von kaltem Kaffee vermischte sich mit dem frischen Geruch der Tinte. Neben ihr war Prinz Albert, dessen sonst so adrettes Auftreten unter einem deutlichen Schatten der Besorgnis lag. Er war es gewohnt, sich in höfischen Intrigen zu bewegen, aber was nun vor ihm lag, überstieg selbst seine Erfahrungen.

„Ich hätte nie gedacht, dass es so weit kommt", sagte er leise, während er eine zerknitterte Liste von Namen betrachtete – Namen, die all jene Verräter umfassten, die an der Seite von Lord Ridley ihre Taschen gefüllt hatten. „Dass mein eigenes Blut – meine eigenen Freunde – so tief in diese Korruption verstrickt sind..."

Ivory legte ihm eine Hand auf die Schulter und sah ihn ernst an. „Das zeigt, dass du jetzt die Möglichkeit hast, etwas zu verändern, Albert. Diese Männer haben zu lange geglaubt, dass sie unantastbar sind. Aber das sind sie nicht. Und du kannst ihnen zeigen, dass Gerechtigkeit mehr zählt als ihre Geheimnisse."

James, der sich über einige Dokumente beugte, hob den Kopf und schenkte Albert ein aufmunterndes Lächeln, wenn auch eines mit einem Hauch von

Ironie. „Willkommen in der Welt der Journalisten, Eure Hoheit. Hier endet die Freundschaft oft dort, wo die Wahrheit beginnt."

Albert schnaubte, ein Hauch von Lachen in seiner Stimme. „Ich frage mich, ob ich nicht den falschen Beruf gewählt habe. Vielleicht wäre ich als Redakteur weniger in Schwierigkeiten geraten."

Ivory lächelte und zog die letzte, entscheidende Mappe aus einem Stapel hervor. „Nun, das hier ist euer großer Moment, Albert. Wir haben alles, was wir brauchen, um Cavendish und Ridley zu Fall zu bringen. Jetzt liegt es an dir, den ersten Stein ins Rollen zu bringen."

Albert nahm die Mappe mit einem ernsten Gesichtsausdruck entgegen, doch in seinen Augen spiegelte sich ein tiefer innerer Konflikt. Er dachte an Margarete, die Frau, die er trotz aller Widrigkeiten liebte. Sie war eine der wenigen Menschen, die ihn jemals so gesehen hatten, wie er wirklich war – nicht als Prinz, sondern als Mann. Und er wusste, dass das, was er nun tat, ihre Zukunft zerstören würde.

MARGARETE CAVENDISH stand am Fenster ihres prächtigen Zimmers im Palast, als die Nachricht zu ihr kam. Sie sah hinunter auf die Gärten, die sich im sanften Licht des späten Nachmittags wiegten, und ihr Herz fühlte sich so schwer an wie die Wolken, die sich über London zusammenbrauten. Sie hatte immer gewusst, dass das Leben am Hofe voller Tücken war, doch sie hatte nie erwartet, dass ihr eigener Vater sie in einen solchen Strudel reißen würde.

Als Albert das Zimmer betrat, drehte sie sich langsam zu ihm um. „Du bist gekommen, um mir zu sagen, dass es vorbei ist, nicht wahr?", fragte sie mit einer Bitterkeit, die selbst sie überraschte. „Dass mein Vater und seine Machenschaften ans Licht kommen und dass ich jetzt nur noch der Schatten eines Skandals bin?"

Albert hielt inne, als hätte sie ihn mit diesen Worten verletzt. Er trat näher, seine Augen voller Schmerz. „Margarete, du weißt, dass ich das nie gewollt habe. Ich wollte... ich wollte, dass wir zusammen sein können, dass du an meiner Seite stehst. Aber ich kann nicht die Wahrheit ignorieren. Diese Männer... sie haben das Vertrauen des Volkes verraten. Ich kann das nicht einfach übersehen, auch nicht für dich."

Margarete schloss die Augen und drehte sich wieder zum Fenster. „Und was ist mit uns? Was ist mit allem, was wir uns erträumt haben, Albert? Soll das jetzt alles in Rauch aufgehen?"

Albert trat näher und legte eine Hand auf ihre Schulter. „Ich liebe dich, Margarete, mehr, als ich es in Worte fassen kann. Aber meine Pflicht gegenüber meinem Land... sie lässt mir keine Wahl. Ich kann nicht zulassen, dass diese Lügen weitergehen. Ich werde das Richtige tun, selbst wenn es bedeutet, dass ich dich verliere."

Margarete spürte, wie ihr Tränen in die Augen stiegen, aber sie schluckte sie hinunter. Sie wollte nicht schwach erscheinen, wollte nicht die Frau sein, die in ihrer Trauer zerbricht. „Du wirst mich nicht verlieren, Albert", sagte sie leise, „aber vielleicht werde ich mich selbst verlieren."

Für einen Moment herrschte Stille zwischen ihnen, und dann beugte sich Albert vor und küsste sie ein letztes Mal. Es war ein Kuss, der voller ungelebter Möglichkeiten und unerfüllter Träume war, und als sie sich schließlich voneinander lösten, wusste Margarete, dass dies das Ende einer Ära war – nicht nur für sie, sondern für alles, woran sie geglaubt hatte.

WÄHRENDDESSEN BEREITETE James im Redaktionsbüro die Schlagzeile vor, die alles verändern würde. Die Beweise lagen gestapelt auf dem Tisch, und mit jedem weiteren Satz, den er schrieb, wuchs seine Überzeugung, dass dies ein Wendepunkt war – für London, für Ivory und für die Wahrheit selbst.

Ivory saß ihm gegenüber, und während er schrieb, betrachtete sie ihn mit einem weichen Lächeln auf den Lippen. „Ich hätte nie gedacht, dass mein Leben so enden würde, weißt du? Mit dir, hier, in einem stickigen Büro, während wir das Schicksal der Mächtigen in der Hand halten."

James sah von seiner Arbeit auf und erwiderte ihr Lächeln. „Ich hätte es auch nie erwartet, Ivory. Aber ich bin froh, dass es so gekommen ist. Denn es bedeutet, dass wir zusammen etwas bewirken können."

Ivory lehnte sich zurück und blickte zum Fenster hinaus, wo die Lichter der Stadt begannen, die Dämmerung zu erleuchten. „Ich denke, ich habe immer versucht, meine Freiheit allein zu finden. Aber vielleicht ist wahre Freiheit nur dann möglich, wenn man sie mit jemandem teilt, der einen wirklich versteht."

James legte die Feder beiseite und kam zu ihr hinüber, zog sie sanft in eine Umarmung. „Dann lass uns die Freiheit genießen, Ivory. Gemeinsam."

Die nächsten Tage waren wie ein Wirbelsturm. Die Zeitungen druckten James' Enthüllungen, die Beweise für die Korruption von Lord Ridley und Cavendish, und London reagierte wie ein Bienenstock, der mit einem Stock gereizt wurde. Die königliche Familie sah sich gezwungen, sich zu den Enthüllungen zu äußern, und Lord Ridley wurde gezwungen, zurückzutreten.

Margarete war bei der Bekanntgabe am Hof anwesend, ihre Augen leer, während sie beobachtete, wie die Männer, die sie einst verehrt hatte, zu Symbolen des Verrats wurden. Ihr eigenes Leben war zerstört, ihre Träume von einer Zukunft mit Albert waren in Rauch aufgegangen. Doch sie wusste, dass sie diese Schmach überleben würde – wenn auch ohne die Hoffnungen und Ambitionen, die sie einst gehabt hatte.

Ivory und James standen am Rande des Geschehens, beobachteten, wie die Mächtigen ihrer Strafe entgegengingen. Und obwohl sie wussten, dass der Weg noch lange nicht zu Ende war, spürten sie, dass sie zumindest einen kleinen Sieg errungen hatten.

„Das ist erst der Anfang, nicht wahr?", fragte Ivory, während sie James' Hand hielt und in den trüben Himmel über London blickte.

James nickte und drückte ihre Hand. „Ja, das ist es. Aber wir haben es geschafft, Ivory. Wir haben die Wahrheit ans Licht gebracht. Und was auch immer noch kommt – wir werden es zusammen durchstehen."

Ivory lächelte, und zum ersten Mal seit langer Zeit fühlte sie sich wirklich frei – frei von den Schatten ihrer Vergangenheit, frei von den Erwartungen der Gesellschaft. Sie wusste, dass die Zukunft ungewiss war, aber in James' Armen fand sie den Mut, sich ihr zu stellen.

Und so standen sie dort, Seite an Seite, während London sich im Sturm der Veränderung wandte, wissend, dass sie diesen Sturm nicht nur überstanden, sondern auch entfacht hatten.

Kapitel 24

Der Herbst in London brachte eine kühle Brise mit sich, die sich durch die Gassen der Stadt schlängelte, genauso wie die Gerüchte, die über die Ventworths flüsterten. In den Salons und auf den Bällen der Stadt war das Thema überall dasselbe: Alfred Ventworth, der einst so einflussreiche Bruder, war gefallen. Seine Verbindungen zu Lord Cavendish, die fragwürdigen Geschäfte und der Skandal um die Korruption hatten ihn endgültig ins gesellschaftliche Abseits befördert.

Alfreds Sturz war tief und schmerzhaft, wie der eines Mannes, der sich zu hoch hinaus gewagt hatte und nun im Staub landete. Freunde, die einst fröhlich mit ihm bei Karten und Whisky die Nächte verbracht hatten, schauten nun weg, wenn sie ihm zufällig über den Weg liefen. „Alfred, alter Freund, ich habe gerade einen wichtigen Termin", murmelten sie hastig, und ihre Blicke wanderten verlegen zur Seite. Die Türen, die ihm einst weit offenstanden, waren nun fest verschlossen, und seine Anfragen nach Unterstützung stießen auf kaltes Schweigen.

Er spürte die Kälte Londons auf eine Weise, wie er es nie für möglich gehalten hatte – nicht in der Luft, sondern in den Blicken der Menschen um ihn herum. Kein Lächeln, kein verständnisvolles Nicken, nur die stumme Verachtung jener, die sich für besser hielten, jetzt, da sein Skandal in den Zeitungen stand.

„Dreckige Geschäfte", „Verrat an der eigenen Familie" und „Der Schande preisgegeben" – das waren die Worte, die man jetzt hinter seinem Rücken flüsterte. Selbst die Diener, die er einst mit scharfen Befehlen und einem scharfen Blick unter Kontrolle gehalten hatte, wagten es, ihm jetzt ins Gesicht zu sehen, ohne dabei den Kopf zu senken.

Seine eigene Mutter, die einst seine größte Unterstützerin gewesen war, stand ihm nun ebenfalls nicht mehr zur Seite. Lady Ventworth, die jahrelang die Augen vor den Eskapaden ihres Sohnes verschlossen hatte, wurde von der Wahrheit überrollt, wie von einem Sturm, der sie völlig unvorbereitet traf. Die Erkenntnis, dass es Alfreds Gier und Rücksichtslosigkeit gewesen waren, die ihre Familie in den Ruin getrieben hatten, war wie ein Dolchstoß in ihr Herz.

„Wie konntest du das tun, Alfred?", fragte sie ihn an einem trüben Nachmittag, ihre Stimme heiser und brüchig. Sie saßen im Salon, der einst Ort vieler fröhlicher Familiengespräche gewesen war, doch nun von der düsteren Stimmung überschattet wurde. Ihre Hände zitterten, als sie die Spitzenkante ihres Taschentuchs umklammerte, und ihre Augen, die einst so stolz und wachsam waren, blickten ihn nun nur noch mit enttäuschter Müdigkeit an.

Alfred sah sie an, aber das selbstgefällige Lächeln, das früher immer auf seinen Lippen lag, war längst verschwunden. „Mutter, ich habe getan, was getan werden musste", versuchte er, doch seine Stimme klang leer, fast wie ein Echo, das in einem leeren Raum widerhallte. „Für die Familie. Für unsere Zukunft."

Lady Ventworth schüttelte den Kopf, ihre Augen glänzten vor aufgestauten Tränen. „Nein, Alfred. Du hast es für dich selbst getan. Für deine eigene Gier. Du hast deinen Vater in den Ruin getrieben... und uns alle mit ihm."

Für einen Moment stand Alfred wortlos da, unsicher, wie er auf diese Worte reagieren sollte. Er war nie ein Mann gewesen, der gut mit der Wahrheit umging – zumindest nicht, wenn sie gegen ihn gerichtet war. Doch jetzt, in diesem Moment, sah er die kalte Realität in den Augen seiner Mutter, und es traf ihn härter, als er es je zugegeben hätte.

Er verließ das Haus seiner Familie an jenem Nachmittag ohne ein weiteres Wort, und es war, als hätte sich der letzte Rest der Verbindung zwischen ihm und seiner Vergangenheit aufgelöst. Die Straßen Londons waren ihm plötzlich fremd, und er begann darüber nachzudenken, was wohl jenseits der Kanalüberfahrt auf ihn warten könnte – ein Leben unter falschem Namen, in einem Land, wo niemand die Geschichten über seine gescheiterten Machenschaften kannte.

Doch auch die Idee des Neuanfangs brachte ihm keinen Trost. Überall, wohin er sich wandte, schien ihm die Erinnerung an das, was er verloren hatte, nachzujagen. Selbst in der Anonymität würde er nicht entkommen können. Sein Gesicht erschien ihm in jeder spiegelnden Pfütze der regennassen Straßen, und das Flüstern der Londoner Gesellschaft hallte in seinen Ohren wider, selbst wenn er allein durch die Gassen irrte.

ZUR GLEICHEN ZEIT VERÄNDERTE sich das Leben im Haus der Ventworths ebenfalls drastisch. Lady Ventworth, die so lange versucht hatte, die Fassade einer respektablen Familie aufrechtzuerhalten, musste sich eingestehen, dass ihr Stolz und ihr unerschütterliches Festhalten an den alten Konventionen sie und ihre Familie in diese Katastrophe geführt hatten. Ihre Abende, die früher in den besten Salons Londons verbracht wurden, verbrachte sie nun in der Einsamkeit ihres Salons, umgeben von Erinnerungen, die sie nicht mehr trösten konnten.

Sie sah sich gezwungen, auf die letzten verbliebenen Besitztümer zu achten, darauf zu achten, dass die Familie nicht endgültig in den Ruin fiel. Doch das gesellschaftliche Leben, das ihr so viel bedeutet hatte, war ihr nun verwehrt. Die Einladungen, die einst stapelweise auf ihren Schreibtisch flatterten, blieben aus, und wenn sie doch einmal in der Stadt war, wandten sich die Damen ab, als wäre sie Luft. „Eine Ventworth", flüsterten sie hinter vorgehaltenen Händen, „deren Sohn einen ganzen Haushalt ins Verderben gestürzt hat."

Ironischerweise war es nun Ivory, die ihrer Mutter in dieser schweren Zeit zur Seite stand. Trotz der Vorwürfe, die ihre Mutter ihr gemacht hatte, trotz der ständigen Kritik und des Unverständnisses für ihre unabhängige Lebensweise, war Ivory diejenige, die ihrer Mutter einen Tee brachte, die Rechnungen durchging und sich um die verbleibenden Angelegenheiten des Haushalts kümmerte.

„Du hättest mich nie verstehen können, Mutter", sagte sie eines Abends, als sie ihrer Mutter half, die Briefe von Gläubigern durchzusehen. „Aber ich verstehe jetzt, dass es dir immer nur darum ging, uns alle zu beschützen – auf deine Weise."

Lady Ventworth sah ihre Tochter an, die in diesem Moment mehr Stärke und Ruhe ausstrahlte, als sie es jemals für möglich gehalten hatte. „Ich habe dich oft verurteilt, Ivory", murmelte sie, und ihre Stimme klang rau. „Ich dachte, dass deine Art, die Dinge zu tun, die Familie zerstören würde. Aber vielleicht habe ich nie verstanden, was wirklich nötig war, um uns zu retten."

Ivory lächelte schwach und legte eine Hand auf die der Mutter. „Wir alle haben Fehler gemacht, Mutter. Aber vielleicht ist es noch nicht zu spät, etwas daraus zu lernen."

WÄHRENDDESSEN WURDE Alfreds Lage immer verzweifelter. Als ihm klar wurde, dass es in London keinen Platz mehr für ihn gab, versuchte er, ins Ausland zu fliehen – nach Frankreich, vielleicht sogar nach Amerika. Doch jede Route schien ihm versperrt. Die Schiffe, die er bestieg wollte, verweigerten ihm die Überfahrt, als sie von seiner wahren Identität erfuhren. Die Freunde, die ihm einst treue Gefährten waren, boten ihm keine Zuflucht.

Er zog sich in eine kleine, heruntergekommene Unterkunft in einem der weniger glanzvollen Viertel Londons zurück, wo er, der einst so stolz gewesen war, nun in Armut lebte, umgeben von den Geistern seiner Vergangenheit. Es war eine bittere Lektion für einen Mann, der geglaubt hatte, er könne die Welt zu seinen Füßen haben.

In stillen Nächten, wenn der Wind durch die undichten Fenster zog und die Kälte durch die Wände kroch, saß Alfred allein auf seinem Bett, starrte auf die abblätternde Tapete und fragte sich, wie alles so weit kommen konnte. Die Schuldgefühle, die er so lange verdrängt hatte, krochen nun unerbittlich in sein Bewusstsein, und er musste sich den ungeschönten Wahrheiten stellen: dass er seinen Vater in den Tod getrieben hatte, dass er seine Schwester verraten hatte und dass er selbst der Architekt seines eigenen Untergangs war.

UND SO VERLIEFEN DIE Wege der Familie Ventworth auseinander, jeder auf seine Weise von den Entscheidungen der Vergangenheit gezeichnet. Lady Ventworth zog sich in die Einsamkeit zurück, wo sie versuchte, mit ihren Fehlern Frieden zu schließen. Alfred kämpfte gegen die Geister seiner Taten und fand keinen Ausweg aus der Dunkelheit, die ihn umgab. Und Ivory, die sich an den Rand des Abgrunds gewagt hatte, fand in James und in ihrer neuen, selbstbestimmten Zukunft eine Stärke, die sie niemals für möglich gehalten hätte.

London ging weiter seinen Gang, doch die Geschichten der Ventworths flüsterten durch die Gassen der Stadt, getragen vom Wind, wie eine leise Erinnerung daran, dass selbst die größten Stürze oft von den kleinsten Fehlern ausgelöst werden können.

Kapitel 25

London zeigte sich an diesem Morgen von seiner gewohnt grauen Seite. Die Wolken hingen tief über den Schornsteinen, und der leichte Regen ließ die Kopfsteinpflaster glänzen, als hätte die Stadt beschlossen, ihren üblichen, melancholischen Charme besonders zur Schau zu stellen. Doch im kleinen Büro, das nun das Zentrum der mutigsten literarischen Unternehmung Londons war, herrschte eine ganz andere Stimmung.

Ivory und James hatten sich entschieden, nicht aus London zu fliehen, sondern sich stattdessen mit voller Kraft in die Schlacht zu werfen – und dieses Mal kämpften sie nicht allein. Nachdem die größten Enthüllungen hinter ihnen lagen und der Skandal um Lord Cavendish und Lord Ridley die Schlagzeilen dominierte, wandte sich die Aufmerksamkeit allmählich auf etwas Neues. Die „Rebellin der Literatur" und ihr charismatischer Partner hatten ihre erste Ausgabe veröffentlicht, und die Stadt sprach darüber – ob nun mit Bewunderung oder Empörung, das war ihnen mittlerweile egal.

Ivory stand an einem alten Holztisch, der im Laufe der letzten Wochen von einem Antiquitätenhändler in der Bond Street zu ihrem persönlichen Arbeitsbereich umfunktioniert worden war. Auf dem Tisch stapelten sich Manuskripte, Briefe von angehenden Autoren und Kritikern der letzten Ausgabe. In der Ecke summte eine alte Druckerpresse, die sie gebraucht erstanden hatten, und James saß in einem Sessel gegenüber, einen Stapel frischer Druckbögen in der Hand.

„Weißt du, wenn mir jemand vor einem Jahr gesagt hätte, dass ich eines Tages mit dir in einem Büro sitzen würde, um über die Zukunft der Londoner Literatur zu sprechen, ich hätte ihn für verrückt erklärt", sagte James und warf Ivory einen schiefen Blick zu. „Aber ich muss zugeben, dass es mir ziemlich gut gefällt."

Ivory lachte und schob ihm ein Manuskript über den Tisch. „Oh, James, du hättest einfach akzeptieren sollen, dass ich immer die interessanteren Geschichten finde. Aber jetzt, da wir das klar haben, sieh dir dieses hier an. Eine junge Autorin, die über ihre Erfahrungen im Landadel schreibt – und das auf eine Weise, die die Hälfte der Stadt dazu bringen wird, ihre Morgenzeitung vor Schreck fallen zu lassen."

James nahm das Manuskript entgegen, las ein paar Zeilen und grinste breit. „Das ist definitiv nicht das, was Lord Ridley in seinen Lesekreis aufnehmen würde. Ich schlage vor, wir drucken es sofort."

Ivory erwiderte sein Lächeln, aber hinter ihren Augen lag ein Funken Ernst. „Weißt du, ich hätte nie gedacht, dass ich je die Chance bekomme, eine Stimme für all die Frauen zu sein, die nicht gehört werden. Aber jetzt, wo ich sie habe... ich werde sie nicht mehr hergeben."

James legte das Manuskript beiseite, stand auf und ging zu ihr hinüber. Er nahm ihre Hand, sah sie fest an. „Das wirst du auch nicht müssen, Ivory. Du hast dich selbst befreit, und nun hilfst du anderen, dasselbe zu tun. Und ich bin stolz darauf, an deiner Seite zu stehen."

Ivory erwiderte seinen Blick, und für einen Moment vergaßen sie den Regen, die Herausforderung und die skeptischen Blicke, die sie weiterhin trafen. Sie waren hier, sie waren gemeinsam stark, und das war alles, was zählte.

WÄHREND DIE ERSTEN Ausgaben ihres Verlags in den Salons und Cafés Londons für Aufruhr sorgten, schickten sich Ivory und James an, mehr zu tun, als nur Romane zu drucken. Sie begannen, Pamphlete zu veröffentlichen, die die Rechte der Frauen diskutierten, gesellschaftliche Normen infrage stellten und die Möglichkeiten von Bildung und Eigenständigkeit für Frauen thematisierten.

Die Reaktionen darauf waren gemischt: Einige Zeitungen priesen Ivory als „mutige Vorkämpferin einer neuen Ära", während andere sie mit harten Worten als „Bedrohung der Moral" brandmarkten. Doch Ivory lernte, sich nichts aus diesen Angriffen zu machen. Die Stimme, die sie so lange in sich verborgen gehalten hatte, erklang jetzt lauter als je zuvor.

James, der nicht nur ihr Verleger, sondern auch ihr größter Unterstützer geworden war, lachte oft darüber. „Weißt du, Ivory, ich glaube, die Hälfte der Männer Londons hat Angst, dass ihre Frauen nach deiner Lektüre plötzlich ihre eigenen Gedanken äußern könnten. Und die andere Hälfte ist einfach nur eifersüchtig, dass ihnen eine Frau zeigt, wie man wirklich gute Geschichten erzählt."

Ivory schenkte ihm ein spitzbübisches Lächeln. „Dann machen wir wohl alles richtig, oder?"

DOCH DIE WELT DER VENTWORTHS war noch immer von den Schatten der Vergangenheit umgeben. Inmitten des Aufruhrs und des Neubeginns blieb die Beziehung zwischen Ivory und ihrer Mutter schwierig. Lady Ventworth, die so viele Jahre damit verbracht hatte, auf gesellschaftliche Regeln und den guten Ruf der Familie zu achten, kämpfte mit der Akzeptanz der neuen Realität. Die einstige Vorstellung von einem Leben voller Bälle und nobler Einladungen hatte sich in Luft aufgelöst, und ihre Tochter, die sie einst als rebellische Träumerin abgetan hatte, war nun der Fels, an dem sie sich festhielt.

Ivory besuchte ihre Mutter regelmäßig, brachte ihr Neuigkeiten über das Verlagshaus und versuchte, sie an ihrem Erfolg teilhaben zu lassen. Doch Lady Ventworth sah oft nur die Schatten, die über ihre verlorene Stellung fielen. „Was habe ich nur falsch gemacht, Ivory?", fragte sie eines Abends, ihre Stimme leise und voller Bedauern. „War es wirklich falsch, an die Werte zu glauben, mit denen ich aufgewachsen bin?"

Ivory setzte sich zu ihr und legte eine Hand auf ihre. „Mutter, du hast getan, was du für richtig hieltest. Aber die Welt verändert sich, und wir müssen uns entscheiden, ob wir mit ihr wachsen oder in der Vergangenheit bleiben. Du musst nicht alles verstehen, was ich tue, aber ich hoffe, dass du irgendwann stolz auf mich sein kannst."

Lady Ventworth sah ihre Tochter lange an, dann nickte sie schließlich. „Ich weiß nicht, ob ich die Frau, die du geworden bist, verstehe, Ivory. Aber ich weiß, dass ich mich auf dich verlassen kann. Vielleicht ist das genug."

INZWISCHEN ERLEBTE auch Clara ihren eigenen Wandel. Inspiriert von Ivorys Mut und den Geschichten, die sie in den Manuskripten ihres Verlags las, beschloss sie, ihrem Herzen zu folgen. Eines Nachmittags, als die Sonne sich ihren Weg durch die schweren Wolken bahnte, stand sie in einem kleinen Atelier in Soho und sah ihrem Geliebten, dem jungen Künstler, in die Augen.

„Lass uns zusammen sein, egal was kommt", sagte sie, ihre Stimme fest, aber in ihren Augen funkelte ein Hauch von Unsicherheit. „Ich will nicht länger die Entscheidungen anderer für mich tragen. Ich will frei sein, wie Ivory es ist."

Der Künstler lächelte sie an, nahm ihre Hände in seine und versprach ihr, dass sie gemeinsam ein neues Leben beginnen würden – weit weg von den Erwartungen und Urteilen der Gesellschaft. Als sie sich in den Armen hielten, spürte Clara, dass sie ihren eigenen Weg gefunden hatte, und dass es nichts Besseres gab, als die Freiheit, die sie selbst gewählt hatte.

Ivory war stolz auf ihre Schwester, als sie von ihrer Entscheidung erfuhr, und wusste, dass es ein langer Weg gewesen war, der sie beide hierher geführt hatte. „Du bist stärker, als du selbst glaubst, Clara", sagte sie, als sie sich umarmten. „Und ich bin froh, dass du endlich deine eigene Stimme gefunden hast."

IVORY UND JAMES' VERLAGSHAUS wuchs und gedieh, und es dauerte nicht lange, bis es zum Zentrum für eine neue Generation von Denkern und Schriftstellern wurde. Die Türen standen offen für all jene, die mehr wollten, als die alten, verstaubten Normen des viktorianischen Englands. Frauen und Männer, die bereit waren, über ihre Erfahrungen zu sprechen, die ihre Geschichten teilen wollten, fanden hier eine Plattform.

Und während die alteingesessenen Mitglieder der Londoner Gesellschaft immer noch über die „unverschämte Miss Ventworth" tuschelten, lernten viele andere, ihre Worte zu schätzen. Es gab immer noch Menschen, die sich darüber aufregten, dass eine Frau wagte, ihren Platz in der Öffentlichkeit zu beanspruchen, doch Ivory lächelte nur über diese Kritiker hinweg. Denn sie wusste, dass sie nun selbst die Feder in der Hand hielt, die die Geschichte schrieb.

An einem ruhigen Abend, als der Regen wieder auf die Fenster prasselte und London in den sanften Tönen des Regens versank, stand Ivory mit James auf der Veranda ihres neuen Hauses und sah in die funkelnden Lichter der Stadt. Sie nahm seine Hand und fühlte, wie seine Finger sich um ihre schlossen.

„Denkst du, sie werden sich je an uns gewöhnen?", fragte sie mit einem Lächeln, das von einem Hauch von Schalk durchzogen war.

James lachte leise und zog sie näher an sich. „Vielleicht. Vielleicht auch nicht. Aber weißt du was? Es ist mir egal. Solange wir uns haben, können sie sagen, was sie wollen."

Ivory sah ihn an, und in ihren Augen funkelte eine Zufriedenheit, die sie sich einst nie hätte vorstellen können. „Ich glaube, ich habe endlich meinen Platz gefunden, James. Nicht nur an deiner Seite, sondern in dieser Stadt, die ich einst fürchten gelernt habe. Jetzt gehört sie uns."

Und so standen sie da, während die Welt sich weiterdrehte, und sie wussten, dass sie, egal was kam, bereit waren, es gemeinsam zu meistern. Denn sie waren nicht mehr nur Zuschauer der Geschichte – sie schrieben sie selbst.

Don't miss out!

Visit the website below and you can sign up to receive emails whenever Dana Elliott publishes a new book. There's no charge and no obligation.

https://books2read.com/r/B-A-GXQNC-VBDCF

BOOKS 2 READ

Connecting independent readers to independent writers.

Milton Keynes UK
Ingram Content Group UK Ltd.
UKHW031001231024
450026UK00011B/671